Y LLYFR RYS

CW01003853

Gwaed y Ty

I Ciaran, Lewys, Tomos a Lili,
gyda chariad,
Wncwl Nic.

Y LLYFR RYSEITIAU
Gwaed y Tylwyth

gan

Nicholas Daniels

DREF WEN

Cyhoeddwyd gan Wasg y Dref Wen,
28 Ffordd yr Eglwys,
Yr Eglwys Newydd, Caerdydd CF14 2EA
Ffôn 029 20617860

Mae'r cyhoeddwr yn cydnabod cefnogaeth ariannol
Cyngor Llyfrau Cymru.

Argraffwyd ym Mhrydain.

Pennod 1
Yr Ardd Berlysiau

'Gwiddan! Gwiddan, lle rwyt ti?'

Agorodd y drws a gwthiodd ei thad ei ffordd i mewn i'w hystafell wely.

'Beth wyt ti moyn?' gofynnodd Gwiddan iddo'n swrth.

'Mae gen i rywbeth i ti,' sibrydodd ei thad yn gyffrous, gan estyn pecyn bach brown iddi.

'Beth yw e?' holodd Gwiddan, heb fawr o frwdfrydedd. Doedd y parsel yn sicr ddim yn edrych yn ddiddorol iawn.

'Wel agora fe!' anogodd ei thad. 'Roeddwn i'n mynd i'w roi e i ti ar dy ben-blwydd … ond fe benderfynes i nad oeddwn i'n gallu aros pythefnos arall!'

Dadlapiodd Gwiddan y papur brown yn araf, ond gwyliai ei thad hi gyda llygaid awyddus. Roedd e'n amlwg yn meddwl fod hwn yn ddigwyddiad mawr, ond roedd Gwiddan yn gwybod mai pethau bach oedd yn gwneud ei thad yn hapus.

Tynnodd Gwiddan y darn papur olaf oddi ar y gwrthrych.

'Wel?' ebychodd ei thad.

Gorweddai hen lyfr llychlyd yn ei dwylo. Darllenodd hi'r teitl ar y clawr: 'Y Llyfr Ryseitiau.' Hwn oedd trysor pennaf ei mam-gu. Dechreuodd Gwiddan lefain y glaw.

'Dere di, cariad,' cysurodd ei thad hi. 'Paid â chrio!'

'Dyw Mam-gu ddim yn dod 'nôl, yw hi?' mwmialodd Gwiddan trwy ei dagrau.

'Nac ydy, cariad,' meddai ei thad yn ofalus. 'Ond roedd hi am i ti gael y llyfr yma i gofio amdani … Fe ddyle dy tam fod wedi'i gael e ganddi'n gyntaf, ond wedi i Mam farw roedd Mam-gu'n gwybod mai ti fydde'n cael y llyfr.'

Tawelodd Gwiddan ychydig.

'Sa i'n deall,' meddai. 'Pam mai fi sy'n ei gael e ac nid ti? Ti sy'n coginio i ni'n dau!'

Chwarddodd ei thad. 'Nid llyfr ryseitiau *arferol* yw hwn, Gwiddan fach, ond fe ddoi di i ddeall hynny cyn bo hir.' Cododd, a chychwyn am y drws cyn ychwanegu, 'a beth bynnag, ti yw'r un sy'n …' stopiodd ei thad ar ganol brawddeg.

'Sy'n be?' holodd Gwiddan.

'O, dim ots,' atebodd ei thad, a diflannu o'i stafell.

Edrychodd Gwiddan ar y llyfr. Roedd e'n hen, hen lyfr. Roedd llythrennau'r teitl yn anodd iawn i'w darllen mewn mannau, ac roedd y clawr wedi'i wneud o ddeunydd rhyfedd iawn: edrychai a theimlai fel lledr, ond nid lledr cyffredin oedd e. Roedd cyffwrdd â'r croen yn deimlad hyfryd … ac eto'n annifyr hefyd.

Agorodd hi'r clawr. Tu mewn, roedd tudalennau o hen lawysgrifen brydferth, ac ar y dudalen olaf gwelodd ei henw ei hun:

I Gwiddan -
Dy lyfr di yw hwn nawr. Llyfr y Tylwyth ydyw. Defnyddia fe'n ddoeth.
Cariad,
Mam-gu.

Ailadroddodd y geiriau i'w hun, 'defnyddia fe'n ddoeth.' Gwgodd. 'Faint o niwed fedra i wneud gyda rysáit bara brith?'

Bodiodd Gwiddan trwy'r llyfr yn gyflym. Am ryw reswm, roedd hi wedi ei chynhyrfu ganddo. Roedd cyffwrdd â'r llyfr yn rhoi gwefr iddi, yn gwneud i'w dwylo ogleisio. Wrth iddi ei astudio'n fwy gofalus, sylwodd yn fuan nad llyfr ryseitiau *coginio* oedd hwn.

Ar bob tudalen roedd teitl rysáit wahanol, megis 'Sut i fod yn anweladwy', 'Sut i dacluso ystafell flêr mewn chwinciad chwannen', 'Sut i wneud byd o waith mewn eiliad', a hyd yn oed rysáit i 'Dawelu pobl ddiflas'!

'Defnyddiol iawn!' mwmialodd hi, ond heb gymryd y peth o ddifrif am eiliad.

Wrth iddi fodio'n hamddenol trwy'r llyfr, daeth Gwiddan o hyd i dudalen arbennig.

'Swyn yr angel,' darllenodd hi. 'Mae hwn yn swnio'n ddiddorol!'

Crwydrodd ei bys i lawr y dudalen nes cyrraedd at y cyfarwyddiadau.

Mae angen:
- *Lle agored*
- *Hen ddilledyn ar ran uchaf eich corff*
- *Dail llysiau'r angel (dwy ddeilen)*
- *Golau'r lleuad*

'Dim problem!' meddai Gwiddan yn gadarn, fel petai hi

newydd ddeall rheolau gêm newydd. Roedd ei chorff yn ferw gwyllt wrth ddarllen cyfrinachau ei mam-gu, yn gymysg â greddfau drygionus naturiol plentyn deuddeg oed.

Roedd llysiau'r angel yn tyfu yn yr ardd. Roedd Mam-gu'n arfer eu defnyddio pan oedd hi'n gwneud cacen ben-blwydd neu briodas – neu dyna oedd hi'n ei ddweud, o leiaf! Cofiai Gwiddan iddi weld ei mam-gu'n siffrwd trwy'r ardd gyda'r llyfr yn ei llaw yn aml. Nawr ei bod hithau wedi gweld tu mewn i'r llyfr am y tro cyntaf, roedd hi'n amau'n fawr mai cacennau oedd ar fwydlen ei mam-gu. Gwisgodd hen grys-T yn gyflym amdani, cydio yn y llyfr a rhedeg i'r ardd berlysiau.

Roedd gardd berlysiau Mam-gu mewn cornel fach anghysbell o'r ardd, yn ddigon pell oddi wrth y tŷ a llygaid busneslyd ymwelwyr. Amddiffynnwyd yr ardd gan gaer o fieri a danadl poethion, ond wedi iddi wthio'i ffordd heibio i'r milwyr blodeuog, sylweddolodd Gwiddan ei bod hi wedi cyrraedd rhandir cymen. Roedd y catrodau o berlysiau i gyd wedi'u labelu â ffyn lolipop. Edrychodd Gwiddan ar bob un yn ofalus.

'Mandragora … Llysiau Iago … Codwarth … Danadl … Mwsg … Rhosmari …'

Roedd yna ugeiniau o blanhigion bach; rhai enwau'n gyfarwydd, ond y mwyafrif yn ddieithr iawn. Doedd yr enwau ddim yn swnio fel perlysiau coginio i Gwiddan. Roedd rhai ohonynt yn wenwynig – roedd ei Mam-gu wedi dysgu cymaint â hynny iddi! Crwydrodd ei llygaid ar hyd y rhengoedd ffyn lolipop. 'Llysiau'r angel!' ebychodd hi o'r diwedd.

Plyciodd ddwy ddeilen i ffwrdd yn ofalus ac agor y llyfr ryseitiau. Roedd yr haul yn dechrau gwanhau, ond roedd digon o olau ar ôl iddi allu darllen gweddill y rysáit.

'Gwisgwch yr hen ddilledyn ac arhoswch nes bod yr haul wedi machlud a'r lleuad wedi ymddangos. Bwytewch UN o ddail llysiau'r angel ac adroddwch y geiriau hyn deirgwaith – *Adain, Aden, Asgell.*'

Roedd ganddi hen grys-T amdani, roedd y dail yn ei llaw, a nawr roedd rhaid iddi aros i'r haul fachlud yn gyfan gwbl er mwyn i'r lleuad ymddangos yn glir.

Eisteddodd Gwiddan yn dawel ar y llwybr. Roedd y llyfr ryseitiau yn agored o'i blaen, ac yn ei llaw roedd y ddeilen ddi-nod. Gwyliodd hi'r haul yn disgyn yn is ac yn is nes iddo suddo heibio i'r gorwel. Yn y man, ymddangosodd y lleuad yn yr awyr ddu, fel wyneb mawr gwyn yn sbecian trwy lenni duon.

'Nawr amdani …' sibrydodd hi'n gyffrous gan roi'r ddeilen yn ei cheg a dechrau cnoi. 'Adain, aden, asgell. Adain, aden, asgell. Adain, aden, asgell,' meddai'n glir cyn llyncu'r ddeilen.

Eisteddai Gwiddan yn y tywyllwch, heb syniad yn y byd beth oedd yn debygol o ddigwydd. Doedd hi ddim yn siŵr beth i feddwl, mewn gwirionedd, am nad oedd hi'n cymryd y peth o ddifrif. Am eiliad, ystyriodd efallai fod Mam-gu'n chwarae triciau arni o'r bedd, ac fe wnaeth hynny iddi deimlo'n drist. Ond doedd dim un o'r syniadau aeth trwy ei meddwl wedi'i pharatoi hi ar gyfer yr hyn ddigwyddodd.

Teimlodd ias ryfedd yn codi ac yn disgyn hyd asgwrn ei chefn. Dechreuodd esgyrn ei breichiau wingo ychydig lle roedden nhw'n ymuno â'i hysgwyddau, ac yna fe deimlodd hi bwysau mawr yn gorffwys ar ei chefn. Rhewodd ei gwaed; roedd gormod o ofn arni i symud o gwbl – roedd rhywbeth rhyfedd yn digwydd y tu ôl iddi! Teimlai ei chrys yn tynnu, fel petai rhywun wedi cydio yn y goler a thynnu arni. Clywodd hi'r defnydd yn rhwygo ac yna teimlodd chwa o wynt uwch ei phen, fel petai rhywun yn siglo lliain mawr yn yr awyr. Yna, aeth popeth yn dawel.

Roedd ei breichiau'n hollol lonydd, ond teimlai Gwiddan fod esgyrn ei hysgwyddau'n symud, fel petai hi'n chwifio ar rywun! Wrth iddi edrych o'r naill ochr i'r llall yn astudio'i hesgyrn rhyfedd, synhwyrodd fod rhywbeth yn symud tu ôl iddi ac yn taflu cysgodion o'i hamgylch. Yn betrusgar, cododd ei hwyneb tua'r nefoedd. Yno, uwch ei phen, fel hwyliau llong hynafol, gwelai bâr enfawr o adenydd gwyn yn cyhwfan. Yn sydyn, sylweddolodd Gwiddan taw ei hadenydd hi oedden nhw!

Crynodd ei chorff gan ofn, ac wrth iddi deimlo ei bod ar fin llewygu, clywodd lais tyner ar yr awel yn dweud, 'Defnyddia'r llyfr yn ddoeth!'

Gwyddai Gwiddan yn reddfol beth oedd yn rhaid iddi wneud. Cydiodd yn yr ail ddeilen llysiau'r angel a'i rhoi yn ei cheg mor gyflym ag y gallai, gan falu'r ddeilen rhwng ei dannedd cyn ei llyncu.

Yn y man, yr un mor sydyn ag yr ymddangoson nhw,

10

diflannodd yr adenydd eto. Gyda'i hwyneb mor wyn â'r lleuad guchiog uwchben, cydiodd Gwiddan yn y Llyfr Ryseitiau a rhedeg yn ôl i'r tŷ.

'Lle rwyt ti wedi bod?' ebychodd ei thad wrth iddi faglu trwy'r gegin. 'A beth ddigwyddodd i dy grys-T di?'

'O! Ym, ym …' ceisiodd Gwiddan feddwl am esgus neu eglurhad fyddai'n bodloni ei thad. 'Rhaid fy mod wedi'i rwygo yn y mieri ar waelod yr ardd!'

'Dwi wedi dweud wrthot ti am gadw draw o waelod yr ardd – mae e fel jyngl lawr 'na!' galwodd ei thad arni, ond doedd Gwiddan ddim am aros i ddadlau. Rhedodd yn ôl i'w hystafell wely â'i gwynt yn ei dwrn.

Pennod 2
Rhodri

Deffrôdd Gwiddan bore drannoeth yn teimlo'n flinedig iawn. Doedd hi ddim wedi cysgu llawer. Cafodd un freuddwyd gas ar ôl y llall – breuddwydion am ei mam-gu, am y Llyfr Ryseitiau ac am bethau tywyll, annifyr. Gorweddai yn ei gwely, yn ceisio datod y cwlwm breuddwydion oedd yn dal i droelli yn ei phen.

'Gwiddan!' galwodd ei thad o waelod y grisiau. 'Brecwast yn barod!'

Cododd Gwiddan yn araf o'r gwely, fel hen fenyw flinedig. Cofiai iddi weld ei mam-gu yn codi yn yr un ffordd yn union yn ystod y flwyddyn neu ddwy cyn iddi farw. Roedd fel petai bywyd wedi mynd yn ormod o ymdrech iddi, a dyna'n union sut y teimlai Gwiddan y bore hwn – fel petai bywyd, yn sydyn reit, wedi troi'n hynod o ddifrifol.

Wrth iddi wthio'i thraed i mewn i'w sliperi, fe welodd hi'r Llyfr Ryseitiau yn gorwedd ar lawr ar bwys y gwely. Dyna ryfedd. Cofiai Gwiddan ei bod wedi taflu'r llyfr o dan y gwely wedi iddi ruthro i mewn o'r ardd neithiwr. Syllodd ar y llyfr. Roedd e wedi symud, doedd dim dwywaith am hynny, ac roedd e hefyd ar agor led y pen. Ofnai Gwiddan blygu i edrych ar y dudalen yn fanwl, ond am ryw reswm teimlai hefyd nad oedd dewis ganddi.

Cyrcydodd, gan bwyso ar ei dwylo. Roedd y dudalen wedi'i haddurno'n brydferth iawn, gyda chlymau Celtaidd euraidd ym mhob cornel. Saethodd ei llygaid i dop y dudalen i chwilio am deitl – 'Swyn datguddio ...' Roedd y llyfr ryseitiau'n amlwg yn gwybod beth oedd ar ei meddwl.

'Does gen i ddim amser nawr ...' mwmialodd hi'n grac, gan godi a chamu dros y llyfr cyn rhuthro i lawr y grisiau.

'Bore da,' cyfarchodd ei thad hi wrth iddi gyrraedd y gegin. 'Ti'n edrych yn flinedig – gysgaist ti'n iawn?'

'Do, diolch' atebodd Gwiddan yn euog, cyn mynd ati i daenu jam ar ei thost.

Wrth iddi eistedd a chnoi'r tost yn araf, roedd hi hefyd yn cnoi cil dros freuddwydion y noson cynt. Cofiai iddi freuddwydio ei bod hi'n sefyll wrth ymyl llyn mawr. Roedd y dŵr yn llyfn, a llonyddwch perffaith ar yr wyneb gwyrdd. Gwyliai'r dŵr, gan syllu i galon y dyfroedd, fel petai hi mewn perlewyg.

Yn sydyn, wrth iddi wthio crwstyn y tost i'w cheg, cofiodd am fanylyn arall a rhewodd. Yn y freuddwyd, roedd hi wedi siarad â'r llyn! Wel, nid gyda'r llyn yn union, ond gyda'i mam-gu. Roedd yn rhyfedd, ac yn anodd i'w esbonio. Roedd tonnau wedi codi ar wyneb y dŵr, a'r tonnau hynny'n cario llais Mam-gu.   A'r un oedd y neges gyda phob ymchwydd, 'Cer i weld Magwen, cer i weld Magwen, cer i weld Magwen . . .'

'Gwiddan!' Torrodd llais ei thad ar ei thraws a'i thynnu hi'n ôl i'r presennol, bron fel y byddai slap ar ei boch wedi'i wneud.

13

'Y? Beth?' atebodd hi'n ddryslyd, gan deimlo'n ddig tuag at ei thad am darfu arni.

'Dere! Y bws ysgol! Mae gen ti bum munud!'

Cododd Gwiddan ei bag dros ei hysgwydd a'i baglu hi allan o'r tŷ fel cath i gythraul. Cyrhaeddodd y bws wrth i'r drysau gau.

* * *

Roedd teithio ar y bws ysgol bron fel mynd i ryfel. Doedd neb yn siŵr os oedden nhw'n mynd i gyrraedd diwedd y daith heb ddioddef rhyw fath o ymosodiad.

Roedd rhialtwch neu ysgarmes yn digwydd ym mhob rhan o'r bws: plant ifanc yn cael eu bwlio gan blant hŷn, merched yn dadlau gyda bechgyn, un grŵp o blant yn fflicio bandiau lastig at grŵp arall, a'r rheiny wedyn yn taflu losin bach caled yn ôl.

Yn ystod pob un siwrnai, byddai o leiaf un plentyn yn cael niwed neu'n colli ei urddas. Roedd yr hanner awr yr oedden nhw'n ei dreulio ar y bws ysgol bob bore a phrynhawn yn hunllef – pum deg o blant yn eu harddegau a neb yn eu goruchwylio.

'Gwiddan! Fan hyn!' Wrth iddi gerdded i lawr yr eil, clywodd sibrydiad cyflym o ganol y bws. Gwelodd wyneb cyfarwydd ei ffrind gorau Rhodri yn sbecian arni dros gefn un o'r seddi.

Cerddodd Gwiddan tuag ato ac eistedd wrth ei ymyl – ond nid cyn iddi gael ei tharo yn ei hysgwydd gan frechdan gaws a oedd yn hedfan ar draws y bws.

'Buest ti'n lwcus heddi – dim ond brechdan oedd e!' chwarddodd Rhodri. 'Bues i bron â cholli llygad ddoe pan hedfanodd darn ugain ceiniog ata i fel bwled!'

Chwarddodd y ddau'n frwdfrydig, heb gofio y byddai hynny'n siŵr o ddenu sylw rhai o'r disgyblion eraill.

'A beth sydd mor ddoniol, Bil a Ben?' meddai llais gwawdlyd o'r tu ôl iddynt.

Trodd y ddau i edrych. Roedd Olwen Morgan, bwli mwyaf blwyddyn wyth, yn cilwenu arnynt. Roedd ôl y gŵr drwg ar ei hwyneb, â fflachiadau creulon i'w gweld yn blaen yn ei llygaid.

Edrychodd Gwiddan a Rhodri ar ei gilydd. Gwyddai'r ddau y byddai'n ddoethach esgus nad oedden nhw wedi'i chlywed hi. Roedd siawns y byddai hi'n colli diddordeb ac yn cyfeirio'i malais at rywun arall wedyn. Ond yn anffodus, roedd Olwen mewn hwyliau drwg, ac am ei bod eisoes wedi methu â bychanu bachgen oedd flwyddyn yn hŷn na hi, roedd hi wedi dod o hyd i ddau ysglyfaeth perffaith.

Pennod 3
Magwen

Croesodd yr hen fenyw o un pen o'r gegin i'r llall gan lusgo'i thraed ar draws y linoliwm di-raen. Mwmialodd i'w hun wrth daflu amrywiol gynhwysion i grochan bychan ar y bwrdd.

Tyrd yn awr i'm cyfarch i,
Ferch dylwythen gynta'r lli,
Ar draws yr oesoedd mawr a fu
I'm harwain yn ôl dy fwriad di.

Dechreuodd golau pŵl ddisgleirio'n araf o grombil y crochan gan oleuo wyneb yr hen wraig. Roedd yn amhosib dyfalu ei hoed; roedd y crychau ar ei hwyneb heb eu tebyg. Wrth i'r fflamau yn y crochan godi, gan daflu mwy o oleuni i'w hwyneb, datguddiwyd ei henaint yn ei llygaid. Fe fu'r rheiny'n las unwaith, ond roedden nhw wedi colli cymaint o'u lliw erbyn hyn nes eu bod bron yn dryloyw.

Syllodd i berfedd y crochan, a dechreuodd niwl gwyn godi ohono. Wrth i'r niwl gyrraedd rhyw fodfedd yn is na'r nenfwd, dechreuodd ledaenu a disgyn cyn cronni'n bêl a dechrau troelli uwchben y crochan. Mewn eiliadau, roedd y niwl wedi ffurfio siâp annelwig corff menyw ifanc.

Daeth llais o'r niwl.

'Hawddamor, Magwen!'

'Hawddamor, Gwenan,' atebodd yr hen wraig. 'Ond lle mae Siwan? Fe alwais i ar Siwan!'

'Paid â phryderu, mae Siwan yn iawn. Fe aeth hi i'r llyn i baratoi. Roedd hi'n falch o gael dod adref.' Oedodd rhith y fenyw ifanc am eiliad cyn mynd yn ei blaen. 'Beth yw dy neges, Magwen? Does gen i fawr o amser.'

Roedd llais y fenyw ifanc yn ysgafn ac araf, fel chwa o wynt. Edrychai Magwen yn flin am eiliad, fel petai hi'n grac gyda'i swyngyfaredd, ond penderfynodd fynd yn ei blaen.

'Rwyt ti'n gwybod, mae'n debyg, fod y ferch yn arbrofi gyda'r Llyfr Ryseitiau?'

'Wrth gwrs,' atebodd Gwenan yn amyneddgar. 'Fe deimlodd y Tylwyth i gyd ei phŵer hi, hyd yn oed yn nyfnderoedd y llyn.'

'Hmmm,' ochneidiodd Magwen. 'Ond ydy e'n ddigon – yn ddigon i'w galluogi hi i gyflawni'r hyn sydd angen iddi ei wneud?'

'Nac ydy Magwen, dim eto, ond fe fydd hi'n dair ar ddeg ymhen pythefnos. Dyna pryd y dechreuwn ni weld gwir rym ei phŵer hi.'

'Dyw hi ddim wedi sylwi ar y dudalen goll eto ...' Chafodd Magwen ddim cyfle i orffen. Torrodd Gwenan ar ei thraws yn gadarn.

'A dyna dy ran di yn hyn i gyd, Magwen. Mae'n rhaid i ti ei chael hi i sylwi ar hynny ... mae'n rhaid i ti ei harwain hi a dangos iddi sut i gydnabod ei thynged ...'

'Fi?!' bloeddiodd Magwen yn wyllt. 'Gwenan, plîs! Dwi'n

17

rhy hen i hyn, a dwi mor flinedig. Pam na all un arall o'r Tylwyth ei wneud? Un ifancach …'

'Am mai dyma dy dynged di, Magwen. Rwyt ti wedi byw cyn hired â hyn am reswm,' aeth Gwenan yn ei blaen yn dyner. 'Mae gan bob un ohonom ein rhan yn hyn. A dyw dy aberth di yn ddim o'i gymharu â'r aberth a wnaed gan eraill, nac ydy?'

Cochodd Magwen at fôn ei chlustiau. Teimlai gywilydd ei bod hi wedi cwyno am ei thasg wrth un a wnaeth yr aberth eithaf, sef aberthu ei bywyd am un ei merch.

'Mae'n flin gen i,' mwmialodd hi gan edrych tua'r llawr.

'Coda dy ben, Magwen,' meddai Gwenan yn garedig. 'Edrycha arna i.' Ufuddhaodd Magwen. 'Mae Siwan wedi dechrau ar ei gwaith. Mae hi'n ceisio arwain y ferch atat ti. Pan ddaw hi, cofia'r hyn sy'n rhaid i ti ei wneud. Mae'r Tylwyth yn dibynnu arnat ti.'

'Iawn, wrth gwrs,' atebodd Magwen yn gadarn. Roedd hi fel petai wedi cofio am yr hyn oedd yn y fantol. 'Fe wna i fy ngorau glas …'

Dechreuodd rhith y fenyw ifanc ddiflannu, a gwyliodd Magwen wrth i'r tarth ddisgyn yn ôl i'r crochan. Tynnodd yr hen wraig anadl ddofn – roedd ganddi waith i'w gyflawni, a châi hi ddim llonydd nes iddi lwyddo i gyflawni'r gwaith hwnnw. Byddai'n derbyn ymwelydd cyn bo hir. Prysurodd i baratoi at ddyfodiad y ferch arbennig gyda mwy o egni nag yr oedd hi wedi'i deimlo ers blynyddoedd lawer.

*   *   *

Eisteddai tad Gwiddan wrth fwrdd y gegin a'i ben yn ei ddwylo. Rhedai'r dagrau'n rhydd i lawr ei fochau a chrynai fel deilen wrth i'r tristwch a'r ofn yn ei galon lifo o'i gorff.

Ar ôl iddo ymdawelu, cododd ei ben a syllu i'r nenfwd. Sychodd ei ddagrau gyda'r hances yn ei boced. 'Gwenan! Gwenan! Dwi dy angen di, Gwenan! Beth sy'n mynd i ddigwydd i'n merch fach ni? Sut alla i ei hamddiffyn hi? Beth alla i neud?'

Clywodd ei eiriau'n atseinio drwy'r tŷ gwag, ond chafodd e ddim ateb. Doedd e ddim yn disgwyl un mewn gwirionedd. Dechreuodd wylo unwaith eto.

Pennod 4
Y Swyn Datguddio

Pan gyrhaeddodd Gwiddan gartref, roedd hi mewn tymer ddrwg. Roedd Olwen Morgan wedi ymddwyn yn hynod o blentynnaidd y bore hwnnw. Ar ôl iddi eu clywed nhw'n chwerthin, aeth ati i fychanu'r ddau o flaen pawb ar y bws.

Dywedodd hi fod Gwiddan a Rhodri yn caru'i gilydd, ac yn golygu priodi cyn diwedd y tymor. Gorffennodd ei hymosodiad arnynt gan ddweud wrth bawb am brynu hetiau priodas, ac o ganlyniad i hynny roedd plant wedi eu gwawdio trwy'r dydd. Erbyn amser cinio roedd Rhodri wedi bod mewn dwy ysgarmes gyda rhai o'r bechgyn hŷn, ac roedd Gwiddan hithau wedi cael blawd wedi'i daflu drosti fel conffeti yn y wers goginio.

Er hynny, aeth y cyfan o'i meddwl wrth iddi gerdded i'r gegin. Synhwyrai rhyw dristwch mawr yn hofran yn yr ystafell, ond doedd dim byd i'w weld o'i le. Roedd ei thad wrthi'n plicio tato ar gyfer eu swper.

'Be sy'n bod, Dad?' holodd Gwiddan yn betrusgar, gan osod ei bag ysgol wrth goes y stôl.

'Hy?' atebodd e heb edrych arni. 'Dim, cariad. Dim byd. Cer di i ddechrau ar dy waith cartref, fe alwa i ti pan fydd swper yn barod.'

Cododd Gwiddan ei bag yn araf. Trodd yn dawel i adael

y gegin. Roedd rhywbeth wedi newid. Ers iddi adael y tŷ, roedd rhywbeth wedi digwydd.

Wrth iddi ddringo'r grisiau, teimlai Gwiddan ar goll. Petai hi'n onest â'i hunan, doedd pethau ddim yn iawn ers ddoe. Doedd pethau ddim yn iawn ers … ers … ers iddi ddarllen y llyfr ryseitiau.

Rhedodd i fyny gweddill y grisiau a thaflu ei hunan trwy ddrws ei hystafell wely. Gorweddai'r llyfr ryseitiau yn agored ar y llawr, yn union lle roedd hi wedi ei adael y bore hwnnw.

'Reit!' meddai hi'n grac gan godi'r llyfr ac eistedd ar y gwely.

'Swyn datguddio.' Darllenodd hi deitl y dudalen am yr ail dro'r diwrnod hwnnw ac yna aeth ymlaen i ddarllen gweddill y dudalen.

Mae angen:
- *Un gannwyll wen*
- *Rhywbeth i gynnau'r gannwyl*
- *Calon ddiffuant*

'Calon ddiffuant?' mwmialodd hi'n syn. 'Sut yn y byd ydych chi fod i wybod os oes gennych chi galon ddiffuant? Mynd am belydr-x? Yr hen lyfr twp!'

Taflodd hi'r llyfr ryseitiau i'r llawr yn ei rhwystredigaeth, ond wrth i'r llyfr hedfan o'i llaw, cododd yn yr awyr fel bwmerang a chrymu'n ôl i'w tharo gyda chlep yn ei hwyneb.

'Aw!' gwaeddodd hi, gan syrthio 'nôl ar y gwely.

Gorweddodd yno am oes wedi'i syfrdanu, ac erbyn iddi godi ac edrych yn nerfus o'i hamgylch roedd y llyfr yn gorffwys wrth ei thraed yn agored ar yr un dudalen unwaith eto.

Erbyn hyn roedd Gwiddan ar fin llefain. Roedd digwyddiadau'r wythnosau diwethaf yn dechrau effeithio arni: colli'i mam-gu, y digwyddiad yn yr ardd berlysiau neithiwr, y breuddwydion cythryblus a nawr y llyfr rhyfedd hwn oedd fel petai'n mynnu ei sylw hi!

Byddai llefain yn hawdd ond, yn hytrach na hynny, teimlai Gwiddan rym enbyd yn codi o rywle'n ddwfn y tu mewn iddi. Grym oedd yn gwthio a thynnu a throelli a berwi nes iddi anghofio'i holl bryderon a chodi ar ei thraed. Cerddodd hi'n bwrpasol i lawr i'r gegin, gan wthio heibio i'w thad a phlygu i agor y cwpwrdd wrth ei goesau.

'Esgusoda fi, Dad.' Roedd ei hagwedd hi'n gwrtais ond hefyd yn benderfynol. Symudodd ei thad i un ochr heb ddweud gair.

Estynnodd Gwiddan i mewn i'r cwpwrdd a chydio mewn bocs o ganhwyllau gwyn. Roedd ei mam-gu bob amser yn cadw canhwyllau yn y tŷ rhag ofn iddynt gael toriad yn y cyflenwad trydan. Wrth iddi sefyll eto, edrychodd i fyw llygaid ei thad a dweud, 'dwi'n mynd i fy stafell wely, dwi eisiau tawelwch llwyr.'

Cafodd ei thad fraw wrth sylwi mor debyg i'w mam yr edrychai Gwiddan yr eiliad honno. Roedd ei llygaid gwyrdd yn fflachio, a'i gwallt coch yn disgyn yn donnau blêr dros ei hysgwyddau.

22

'Iawn, cariad,' atebodd e'n ufudd. Roedd yntau wedi dysgu flynyddoedd ynghynt i beidio â herio'r menywod yn nheulu ei wraig.

Cydiodd Gwiddan mewn bocs o fatsys roedd ei thad yn eu defnyddio i gynnau'r ffwrn nwy, a brasgamodd yn ôl i'w hystafell wely.

Cyneuodd hi'r gannwyll gyda'r fatsien gyntaf, cyn troi unwaith eto i ddarllen o'r llyfr ryseitiau.

'Edrychwch i lygad y gannwyll a gwagiwch eich meddwl. Dychmygwch eich bod ar lan llyn mawr; gwrandewch ar sŵn y tonnau bach yn torri ar y lan garegog.'

Roedd Gwiddan yn dechrau colli'i hyder. Teimlai fod yr holl beth yn hollol hurt! Darllenodd hi frawddeg ar waelod y dudalen a oedd wedi'i haroleuo ag inc aur.

'Cofiwch! Mae'r gannwyll yn rhoi'r wybodaeth sydd ei *hangen* arnoch; *nid* yw hynny'n gyfystyr â'r wybodaeth yr ydych chi'n *dymuno* ei derbyn.'

Roedd Gwiddan yn dechrau blino ar yr holl falu awyr, ond roedd rhywbeth yn ei hannog i barhau, rhywbeth y tu mewn iddi'n ymbil arni i ddilyn cyfarwyddiadau'r llyfr, i gau ei llygaid a gwagio'i meddwl.

Doedd y dasg ddim mor anodd ag yr oedd hi wedi'i ofni. Dychmygodd hi lyn mawr gwyrdd heb drafferth, yn union fel yr un yn ei breuddwyd neithiwr. Clywai hi sŵn y dŵr yn torri'n dawel ar gerrig y lan. Ymhen ychydig, roedd hi ar goll yn ei breuddwyd braf. Pan dybiodd hi ei bod yn amser iddi agor ei llygaid, syllodd i lygad fflam y gannwyll.

I ddechrau, doedd dim i'w weld ond pabwyr y gannwyll a'i

choron o dân, ond wrth iddi syllu a syllu, dechreuodd y fflam golli'i lliw a throi'n llygad ar y byd tu hwnt i'w hystafell wely.

Trwy'r llygad yna, gwelodd Gwiddan strydoedd a thai; pobl yn cerdded a cheir yn gwibio ar hyd yr heolydd. Roedd yr olygfa fel petai i'w gweld trwy lygaid aderyn am ei bod hi ymhell uwchben y cwbl, yn hofran yn yr awyr.

Hedfanodd dros yr olygfa, dros y toeau a'r caeau chwarae, nes iddi gyrraedd pen stryd gul. Sylweddolodd Gwiddan ei bod hi'n adnabod y stryd; roedd hi wedi bod yno sawl gwaith gyda'i mam-gu. Ymlaen yr aeth hi i lawr y stryd, yn gyfochrog â ffenestri lloriau uchaf y tai, nes cyrraedd y tŷ olaf yn y stryd. Daeth ei siwrnai i ben y tu allan i dŷ teras di-raen. Roedd y darlun mor gyfarwydd, ond eto'n ddieithr iddi erbyn hyn.

Wrth iddi nesáu at y tŷ, ceisiai Gwiddan gofio sut oedd hi'n adnabod y stryd – sut oedd hi'n adnabod y tŷ hwn yn enwedig – ond daeth ei hateb yn ddigon clou wrth i'r olygfa ganolbwyntio ar ddrws bach y tŷ. Yno'n sefyll ar y trothwy roedd cymeriad cyfarwydd iawn yn galw'n awyddus arni.

'Anti Magwen!' ebychodd Gwiddan, gan daflu'i hun o'i breuddwyd a diffodd y gannwyll gyda grym ei hebychiad.

Pennod 5
Miss Smith y Brifathrawes

Y bore canlynol, cododd Gwiddan fel gwenci. Taflodd ei llyfrau ysgol i'w bag yna cydiodd yn y llyfr ryseitiau a gosod hwnnw'n ofalus yng ngwaelod ei bag.

Bwytaodd ei brecwast yn awchus cyn taro sws ar foch ei thad. 'Paid â becso, Dad,' meddai Gwiddan yn hapus, 'bydd popeth yn iawn.'

Cafodd ei thad cymaint o sioc nes bu bron iddo ollwng y llestr roedd wrthi'n ei sychu ar lawr. Nid gweddnewidiad ei ferch oedd yn ei synnu fwyaf, ond y ffaith ei bod hi'n ymwybodol o'i bryder. Trodd yn ôl at ei waith, gan deimlo rhywfaint yn well. Roedd Gwiddan wedi etifeddu rhai o alluoedd ei mam a'i mam-gu, wedi'r cyfan. Byddai'r rheini'n help iddi, o leiaf.

Roedd Rhodri yn y sedd flaen, ac eisteddodd Gwiddan wrth ei ochr yr eiliad yr esgynnodd hi i'r bws. Cyn iddi gael cyfle i dorri gair ag e, daeth llais cyfarwydd o grombil y bws i amharu arnyn nhw.

'Pryd mae'r diwrnod *mawr* 'te, Bil a Ben? Ga i ddod i'r briodas?' gwawdiodd Olwen Morgan.

Edrychodd Gwiddan ar Rhodri, roedd e wedi dechrau cochi ond doedd e ddim yn ymateb y tu hwnt i hynny. Cododd Gwiddan ar ei thraed yn sydyn a throi i wynebu

Olwen oedd yn eistedd rhyw dair sedd tu ôl iddynt.

'Gad dy lap, Olwen! Cenfigennus wyt ti? Ie, siŵr o fod ... achos fydd neb byth eisiau dy briodi di, yr hen hwch!' Ar hynny, trodd hi'n ôl i eistedd, gyda phawb ar y bws yn rholio chwerthin am ben Olwen.

'Pam wnest ti hynna?' hisiodd Rhodri trwy'i ddannedd. 'Fe aiff hi'n waeth nawr!'

'Achos dwi 'di cael digon arni!' atebodd Gwiddan yn dawel. Synhwyrai fod Rhodri'n grac 'da hi, ond roedd hithau'n siomedig nad oedd e wedi'i chefnogi. Er iddi godi o'r gwely mewn tymer dda y bore hwnnw, roedd y gwynt wedi mynd o'i hwyliau erbyn hyn.

Eisteddodd y ddau mewn tawelwch am weddill y daith i'r ysgol. Ddaeth dim ymateb pellach gan Olwen – os oedd hi'n bwriadu talu'r pwyth yn ôl, doedd hi ddim am wneud hynny ar unwaith.

Wrth iddynt gerdded i fyny'r lôn at yr ysgol, torrodd Gwiddan ar y tawelwch.

'Wel, sdim rhaid iti fecso; dwi ddim yn dod 'nôl ar y bws heno, felly gei di lonydd i ddelio gydag Olwen yn dy ffordd dy hun.'

'Pam? I ble wyt ti'n mynd?' gofynnodd Rhodri, gan ddechrau teimlo'n unig iawn.

'Dwi'n mynd i ymweld â rhywun – ffrind Mam-gu yn Llanddeusant.'

'Ga i ddod?' gofynnodd Rhodri'n swil.

'Na chei wir . . . dychmyga beth fyddai pobl yn ei ddweud petaen nhw'n digwydd ein gweld ni gyda'n gilydd!' Ar

26

hynny, trodd oddi wrth ei ffrind gorau a cherdded i gyfeiriad ei dosbarth cofrestru.

Treuliodd Gwiddan weddill y bore yn teimlo'n euog. Roedd Miss Puw wrthi'n traethu'n ddiflas am erthyglau cylchgronau yn y wers Gymraeg pan benderfynodd Gwiddan chwilio am Rhodri amser cinio er mwyn ymddiheuro iddo. Daeth cnoc ar y drws i amharu ar y wers; cerddodd Mrs Edwards yr ysgrifenyddes i mewn a sibrwd rhywbeth yng nghlust Miss Puw. Trodd hithau i gyfarch y dosbarth.

'Gwiddan? Lle rwyt ti?'

Yn araf, cododd Gwiddan ei llaw. Am ryw reswm roedd cledrau'i dwylo wedi dechrau chwysu.

'Mae Miss Smith eisiau dy weld di ar ôl y wers, iawn?'

Cyhoeddodd Miss Puw y neges yn ddideimlad iawn. Doedd dim i awgrymu y dylai Gwiddan deimlo'n nerfus, ond chlywodd hi erioed am neb yn cael galwad i swyddfa'r brifathrawes i dderbyn clod! Teimlai'n anghyfforddus iawn wrth i weddill y dosbarth ddechrau tynnu'i choes gan awgrymu ei bod hi mewn trwbl.

Ar ddiwedd y wers roedd hi'n amser cinio, ac felly roedd y coridorau'n bla o blant ar eu ffordd i'r ffreutur. Gobeithiai Gwiddan y byddai'n dod ar draws Rhodri, ond doedd dim sôn amdano.

Wrth iddi nesáu at ddrws swyddfa'r brifathrawes, teimlai arswyd mawr yn codi drosti – roedd ei greddf yn dweud wrthi am fod yn ofalus. Wrth iddi simsanu tu allan i'r drws, clywai lais Miss Smith o'r tu mewn. Roedd ei llais yn fain ac yn grac a synhwyrai Gwiddan ei bod hi ar y ffôn.

'Paid â becso. Dwi wedi galw amdani. Fe gaf i'r atebion rydyn ni'n moyn.'

Cnociodd Gwiddan ar y drws heb feddwl. Dim ond ar ôl yr ail gnoc y gwawriodd arni mai efallai amdani hi yr oedd Miss Smith yn siarad. Erbyn hynny roedd hi'n rhy hwyr. Agorodd y drws.

'Gwiddan!' ebychodd Miss Smith dan wenu. 'Dere i mewn! Dere i mewn!'

Roedd Miss Smith yn fenyw fawr. Roedd ei thrwyn hi'n goch a'r meindyllau amlwg ynddo yn gwneud iddo ymddangos fel mefusen. Roedd ei gwallt hir, llwyd yn llipa a thenau fel blew hen gi strae, ac roedd ganddi un lygad yn llai na'r llall a wnai iddi edrych fel petai hi'n craffu ar rywbeth o hyd. Doedd dim syndod fod y plant yn ei galw hi'n Llipryn Llwyd.

Cerddodd Gwiddan i mewn ac eistedd yn ufudd ar y gadair yr oedd Miss Smith yn pwyntio ati.

'Diolch i ti am ddod,' meddai'r brifathrawes dan wenu. 'A phaid â becso, sdim byd yn bod! Dwyt ti ddim yma i gael stŵr!' Chwarddodd hi'n ffals, fel petai hi mor glyfar ac yn gallu synhwyro pryderon Gwiddan.

Ddywedodd Gwiddan 'run gair. Roedd yr holl sefyllfa mor rhyfedd. Am ei bod hi'n teimlo'n lletchwith wrth edrych ar Miss Smith, crwydrai ei llygaid o amgylch yr ystafell ffurfiol.

Doedd dim llawer i'w weld. Roedd y celfi'n gymharol newydd a phob wal yn ddi-lun. Yr unig beth â chymeriad iddo yn y swyddfa oedd y llyfr ar ei desg. Gwyrodd Gwiddan ei phen er mwyn gallu darllen y geiriau ar y meingefn – *Cymru yn yr Ugeinfed Ganrif.* Braidd yn henffasiwn, meddyliodd Gwiddan, gan fod yr unfed ganrif ar hugain yn bwrw rhagddi'n barod.

Pan welodd Miss Smith Gwiddan yn astudio meingefn y llyfr, edrychodd ym myw ei llygad.

'Wyt ti'n hoffi llyfrau, Gwiddan?' holodd, gan eistedd yn ei chadair yr ochr arall i'r ddesg.

'Ydw… i raddau,' atebodd Gwiddan. Swniai'n ansicr, ond roedd hwn yn gwestiwn anodd i'w ateb. Yn ôl ei phrofiad hi, roedd athrawon yn dueddol o wylltio os oeddech chi'n dweud nad oeddech chi'n hoffi llyfrau a darllen.

Agorodd Miss Smith ddrâr y ddesg. Tynnodd ddau lyfr allan. Roedd un yn gymharol newydd, ond edrychai'r llall fel pe bai'n perthyn i oes a fu. Llyfr o gyfnod Miss Smith yn ddisgybl ysgol, efallai?

Daliodd hi'r llyfr newydd i fyny. '*Chwedlau Cymru: Arthur, Y Mabinogi a Chwedlau Gwerin Eraill*', darllenodd Miss Smith y teitl iddi. 'Wyt ti wedi clywed am y straeon yma, Gwiddan?' gofynnodd a'i llygaid yn serennu.

Meddyliodd Gwiddan am funud. Eto, roedd arni ofn dweud 'na', rhag i Miss Smith ei cheryddu, ond yn wir, heblaw am ambell ffilm am Arthur ar y teledu, doedd hi erioed wedi clywed am y straeon.

'Nac ydw, Miss Smith. Mae'n flin gen i,' atebodd Gwiddan yn grynedig.

'Sdim eisie i ti fod yn flin!' taranodd y brifathrawes yn falch. 'Hen ddwli llwyr yw'r rhain!'

Edrychodd Gwiddan yn syfrdan arni. Erbyn hyn, roedd Miss Smith yn dal yr hen lyfr i fyny gyda golwg o ddiflastod ar ei hwyneb.

'Beth am hwn 'te? *Straeon Tylwyth Teg Cymru*,' darllenodd Miss Smith yn uchel, gan edrych fel pe bai hi ar fin chwydu.

'Nac ydw, dydw i erioed wedi clywed am y Tylwyth Teg,' meddai Gwiddan.

Celwydd oedd hynny. Roedd yn gwbl amhosib na fyddai hi wedi clywed am y Tylwyth Teg a hithau'n byw nid nepell o Lyn y Fan Fach, ond roedd Gwiddan yn hyderus nad oedd hi mewn perygl o gael ei labelu'n gelwyddgi. Ei thad a'i mam-gu oedd wedi adrodd straeon y Tylwyth Teg iddi. Chlywodd hi erioed yr un gair amdanynt yn yr ysgol. Wedi meddwl, doedden nhw'n dysgu dim am chwedlau Cymru yn yr ysgol. Trawodd hyn hi'n rhyfedd am y tro cynta yn ei bywyd. Synhwyrodd fod mwy i hyn nag a ddeallai.

Edrychodd Miss Smith yn amheus arni am eiliad, cyn neidio i'w thraed â'i dwylo ar y ddesg. 'Ardderchog! Hen sbwriel a rwtsh llwyr sydd ar dudalennau llyfrau fel y rhain!' ebychodd, gan godi'r llyfr oddi ar y ddesg fel pe bai'n glwtyn brwnt.

'Fe roddais i ddiwedd ar addysgu'r dwli yma pan ddes i'n brifathrawes … does dim lle i ofergoelion lliwgar a chelwyddau ym myd addysg!' cyfarthodd hi.

Edrychodd Gwiddan yn graff arni. Er nad oedd hi erioed wedi meddwl fod Miss Smith yn fenyw hoffus, doedd hi ddim wedi sylweddoli mor hyll oedd hi, chwaith.

Safai'r brifathrawes filain o'i blaen fel bwystfil rheibus. Roedd ei ffroenau'n agor a chau fel swch tarw gwyllt. Fflachiai ei llygaid anghyfartal fel dau dwll diwaelod, ac roedd ei hwyneb mor welw ag wyneb corff marw.

Ymdawelodd Miss Smith wrth iddi sylwi ar yr arswyd ar wyneb Gwiddan.

'Nawr 'te, y prif reswm i mi dy alw di yma yw er mwyn holi sut wyt ti'n teimlo.'

Teimlai Gwiddan yn ddryslyd. Doedd dim syniad ganddi am beth oedd Miss Smith yn sôn. Roedd pen tost ganddi, ond roedd hi wedi bod yn dioddef o ben tost am rai misoedd. Yn ôl ei thad, roedd hyn yn rhywbeth i'w wneud â throi'n dair ar ddeg oed cyn bo hir.

Synhwyrodd y brifathrawes ei dryswch. 'Ers i dy fam-gu farw, sut wyt ti'n teimlo?'

Syfrdanwyd Gwiddan gan hyn. Doedd Miss Smith ddim y math o fenyw fyddai'n becso am farwolaeth mam-gu un o blant yr ysgol.

'Ym … dwi'n iawn, diolch.' Doedd Gwiddan ddim eisiau siarad am ei mam-gu … neu o leiaf ddim gyda Miss Smith.

'Hmm,' mwmialodd y brifathrawes. 'Fe gefais i hon gan fy mam-gu i,' meddai, gan godi'r mwclis oedd am ei gwddf a'u dangos i Gwiddan.

Ddywedodd Gwiddan 'run gair. 'Mae'n braf cael etifeddu rhywbeth ar ôl colli rhywun annwyl, wyt ti ddim yn meddwl, Gwiddan? Rwy'n gobeithio dy fod ti wedi cael rhywbeth ar ôl dy fam-gu … rhywbeth i'th atgoffa di ohoni …'

Er nad cwestiwn oedd hwn, roedd yn amlwg fod Miss

Smith yn disgwyl ateb.

'Fe gefais i fodrwy,' ochneidiodd Gwiddan yn drist, gan gofio'i mam-gu'n rhoi'r fodrwy iddi ddeufis cyn iddi farw.

'Dyna hyfryd!' sebonodd y brifathrawes. 'Unrhyw beth arall …?'

Aeth Gwiddan yn oer drosti. Am y tro cyntaf, roedd hi'n ymwybodol iawn o'r llyfr ryseitiau yn y bag ar ei chefn.

'Na, dim byd,' atebodd hi'n gadarn gan wthio'i gên ymlaen. 'Doedd gan Mam-gu fawr o ddim i adael i neb ar ei hôl … doedd hi ddim yn un am gasglu trysorau iddi'i hun …'

Roedd llygaid y brifathrawes yn melltennu. Doedd hi ddim yn ei chredu.

'Ga i fynd nawr, Miss Smith, os gwelwch yn dda?' holodd Gwiddan yn hyderus.

'Cei, wrth gwrs,' cyfarthodd Miss Smith, gan geisio'i gorau glas i wenu.

Cododd Gwiddan gan gydio'n dynn yn ei bag. Brysiodd o'r swyddfa, ac allan i'r haul. Roedd yn rhaid iddi ddod o hyd i Rhodri.

Pennod 6
Llyn y Fan

 Cerddai tad Gwiddan ar hyd y llwybr a oedd yn nadreddu trwy'r ardd berlysiau. Saethai ei lygaid yn ôl ac ymlaen ar hyd y rhesi planhigion. Doedd dim amheuaeth ei fod yn chwilio am rywbeth penodol.

'Ha!' ebychodd, gan blygu a chydio mewn planhigyn â blodyn bach melyn yn tyfu arno.

Rhuthrodd yn ôl i gyfeiriad y tŷ gan dorri gwreiddyn y planhigyn i ffwrdd o'r coesyn wrth fynd. Lapiodd ei ddwrn am y gwreiddyn a thaflu gweddill y planhigyn ar y domen gompost wrth basio.

Cerddodd i mewn i'r gegin, gosod y gwreiddyn ar y bwrdd, a chasglu pesl a breuan o'r cwpwrdd. Oedodd wedyn, fel petai'n brwydro i gofio rhywbeth a ddysgodd amser maith yn ôl.

'Cymer wraidd y gellhesg a phwya ef yn dda ...' Golchodd tad Gwiddan y gwreiddyn a'i roi yn y breuan gydag ychydig o ddŵr. Yna, dechreuodd falu'r gwreiddyn gyda'r pesl.

Bob hyn a hyn, codai ei law at ei foch dde a'i rhwbio, fel petai'n mwytho dolur. Ar ôl iddo falu'r gwreiddyn yn bast, aeth at ddrâr y ddresel a thynnu lliain bach gwyn ohono. Aeth ati unwaith eto i geisio galw rhywbeth i gof.

'Hidla drwy liain a bwrw'r sudd â bôn asgell i'r ffroen bella oddi wrth y dant claf.'

Cododd jar oddi ar silff y ddresel a'i hagor. Tynnodd rywbeth a oedd yn debyg i frigyn gwyn allan. Hidlodd gynnwys y breuan trwy'r lliain gan adael i'r hylif gasglu mewn soser. Rhoddodd y brigyn yn yr hylif a'i osod wrth ei ffroen chwith. Anadlodd i mewn yn ddwfn, gan wneud hynny sawl gwaith eto cyn ochneidio o ryddhad.

'Dannodd y diawl!' ebychodd. 'Diolch i ti, Gwenan,' meddyliodd wrtho'i hun.

* * *

Daeth Gwiddan oddi ar y bws yng nghanol pentref Llanddeusant. Teimlai braidd yn ddigalon ar ôl iddi fethu dod o hyd i Rhodri y prynhawn hwnnw. Roedd hi'n amau ei fod wedi pwdu ar ôl eu cweryl ben bore.

Cododd ei bag ar ei hysgwydd a throi i ddilyn y stryd tuag at waelod y pentref. Er na fu hi yn Llanddeusant ers rhai blynyddoedd, roedd hi'n cofio'r ffordd yn iawn. Roedd hi'n arfer cerdded ar hyd y strydoedd hyn â'i llaw yn llaw ei mam-gu, a theimlai'n od heb ei mam-gu wrth ei hochr. Eto i gyd, roedd yna gysur mewn bod yn rhywle oedd yn gysylltiedig â'r amseroedd dedwydd hynny.

Trodd a cherdded i lawr stryd o dai teras. Hon oedd y stryd a welodd yn fflam y gannwyll. Cerddodd yn ei blaen yn benderfynol, heb sylwi ar y ceir a'r bobl o'i hamgylch.

Arafodd wrth iddi gyrraedd at ben y stryd. Roedd y tŷ olaf

o fewn golwg, a syllodd yn nerfus ar y cartref di-raen. Symudodd y bag i'w le ar ei hysgwydd, a cherdded i fyny'r llwybr at y tŷ llwm. Cnociodd yn gadarn ar y drws, ac aros am sŵn traed yn siffrwd ar y leino tyllog.

*   *   *

Ar ôl iddo gyrraedd gartref, rhedodd Rhodri i'w ystafell wely a newid o'i wisg ysgol. Mor braf oedd bod yn rhydd o grafangau'r crys a'r tei. Teimlai ryddhad mawr wrth iddo daflu'i esgidiau ysgol oddi ar ei draed a gwisgo'i jîns. Cydiodd mewn hen siwmper wlân a mynd i lawr y grisiau.

'Dwi'n mynd at y llyn, Mam,' galwodd gan dynnu'i sgidiau glaw am ei draed wrth y drws cefn.

'Eto?!' ochneidiodd ei fam. 'Ti'n byw a bod wrth y llyn 'na! Rwyt ti fel Rhiwallon, y ffermwr 'na 'slawer dydd … yn mynd at y llyn bob dydd i geisio temtio Rhiain y Llyn!' Chwarddodd ei fam yn chwareus.

Roedd hi'n dweud pethau weithiau nad oedd Rhodri cweit yn eu deall. Cymerai mai er mwyn difyrru ei hunan yr oedd hi'n dweud y pethau hynny, felly doedd e ddim yn talu fawr o sylw iddi.

'Dere, Meg!' galwodd ar y ci, ac aeth y ddau allan.

Eu tyddyn nhw oedd un o'r rhai agosaf at Lyn y Fan, ond weithiau fe gymerai Rhodri oesoedd i gyrraedd at y llyn. Byddai'n ymgolli yn yr amgylchedd ac o ganlyniad roedd pob siwrne yno'n wahanol, gan ddibynnu ar beth fyddai'n tynnu sylw Rhodri ar ei daith. Gwyddai am bob blodeuyn a llysieuyn gwyllt a dyfai yn y cloddiau ar hyd y ffordd i'r llyn, a byddai'n aml yn casglu dail a blodau nifer o'r planhigion er mwyn eu hastudio ar ôl mynd adref.

Ar ddiwrnodau glawog, byddai'n treulio oriau yn pori trwy gyfeirlyfrau gan gofnodi eu henwau cywir mewn hen lyfr nodiadau. Roedd ganddo lyfr oedd yn egluro sut oedd y Cymry'n defnyddio'r planhigion erstalwm i drin salwch a chlwyfau. Enw'r llyfr oedd *Llysiau Llesol* ac roedd e wedi paratoi sawl un o'r ryseitiau yn y llyfr, gan wella mwy nag un cur pen gyda'r cymysgeddau hynafol.

Heddiw, roedd e'n chwilio am blanhigyn arbennig. Roedd Rhodri wedi sylwi bod ganddo ddafaden yn dechrau codi ar gledr ei law dde, a gwyddai pa blanhigyn yr oedd ei angen arno. Chwiliai llygaid y bachgen y ddaear laith o amgylch y llyn. Bu'r haf yn gynnes, gyda digon o law, felly roedd y llystyfiant yn rhemp ym mhobman.

'Aha!' llefodd, gan blygu i gydio yng ngwaelod coesyn y planhigyn cain. 'Gwlithlys mawr!'

Edrychodd yn ddwys ar betalau'r blodau bach gwynion. Yna, craffodd i astudio'r dail cochlyd â'r hylif gludiog arnynt. Roedd ambell i drychfil bach anffodus yn glynu wrth yr hylif marwol.

Yn sydyn, cododd ei ben a syllu i gyfeiriad y llyn. Credai iddo glywed sŵn rhywun, neu rywbeth, yn cerdded trwy'r dŵr. Edrychodd tua'r llecyn gwair wrth ei ochr lle roedd Meg wedi bod yn cnoi darn o bren eiliadau ynghynt. Doedd Meg heb symud, ond roedd hithau hefyd yn edrych i gyfeiriad y llyn, a'i chlustiau'n effro fel dysglau lloeren.

Crwydrodd llygaid Rhodri ar hyd ffin y dŵr. Roedd popeth yn ymddangos yn iawn … nes iddo sylwi'n sydyn ar amlinelliad ffigur bach yn eistedd ar y garreg fawr wastad ger y llyn. Craffodd. Gwraig oedd yn eistedd yno, gwraig gyda gwallt hir euraidd, ac wrth iddo'i chymharu â'r garreg gyfarwydd, sylwodd fod y wraig yn fechan iawn.

Teimlai Rhodri'n annifyr. Roedd yn anodd iawn ganddo gredu nad oedd e wedi'i chlywed hi'n cerdded i lawr at y llyn, ond yna cofiodd mai sŵn dŵr yn tasgu ddenodd ei sylw yn y lle cyntaf. Doedd hon erioed wedi nofio ar draws y llyn, gan lanio ar y lan lle roedd e'n hela llysiau?

Dechreuodd gerdded yn araf tuag ati. Gwisgai ffrog syml o'r un lliw â'r dŵr, ac yna cochodd Rhodri rhywfaint wrth iddo sylwi fod y ffrog yn dryloyw yng ngolau tanbaid yr haul. Er mai menyw ac nid merch oedd hon, doedd hi fawr talach na merch naw oed.

Bwriadai Rhodri ofyn iddi a oedd hi wir wedi nofio ar draws y llyn, ond sylwodd wrth iddo nesáu ati nad oedd ei gwallt na'i dillad yn wlyb.

'Hawddamor, Rhodri Feddyg.' Siffrydodd ei llais yn yr awel fel haid o bili-palod.

Sylwodd Rhodri fod Meg y ci wedi gorwedd yn ei hunfan wrth ei draed, â'i phen yn gorffwyso ar ei phawennau blaen. Petai'n bosib i gi foesymgrymu, dyna sut y byddai'n gwneud hynny, meddyliodd. Trodd ei sylw'n ôl at y wraig fechan o'i flaen.

'Rhodri yw fy enw,' atebodd e'n grynedig. 'Rhodri Ifans,' ychwanegodd, heb fod yn siŵr a oedd hi'n gwrando arno ai peidio – roedd hi'n dal i syllu tuag at ddŵr y llyn.

'Rhodri yw dy enw di, ie?' gofynnodd y wraig yn ddigyffro.

'Ie,' atebodd Rhodri'n fwy hyderus, fel pe bai'n falch eu bod nhw'n deall ei gilydd o'r diwedd.

'Ac mi wyt ti'n defnyddio'r llysiau a'r planhigion sy'n tyfu yma i baratoi moddion?' gofynnodd hi, heb edrych arno unwaith.

'Wel, dim byd mawr, dim ond …' Teimlai Rhodri'n ofnus, fel petai e wedi bod yn gwneud rhywbeth na ddylai.

'Felly, mi rwyt ti'n feddyg. Rhodri Feddyg. Dyna pwy wyt ti …' Ar hynny, trodd y wraig i syllu arno.

Rhyfeddodd Rhodri at ei phrydferthwch hi. Roedd ei llygaid yn wyrddlas fel dyfroedd y llyn, ei chroen yn wyn a llyfn, a'i gwallt fel aur wedi'i nyddu.

Symudai ei cheg wrth iddi syllu i'w lygaid. 'Rhodri Ifans. Tan i ti ddweud hynny, allwn i ddim bod yn hollol siŵr mai ti yw'r un, ond yn awr fe welaf y tebygrwydd. Rhodri fab Ifan; fy mab.'

Roedd meddwl Rhodri yn gwbl ddryslyd. Doedd e ddim yn siŵr beth i'w ddweud, na lle i ddechrau cywiro'r wraig fach brydferth hon.

'Na phrydera, Rhodri Ifan. Daw popeth yn glir yn y man, yn gliriach na golau dydd, ond yn y cyfamser mae gen i neges i ti, fy mab.' Ar hynny, edrychodd hi'n ôl tuag at y llyn.

Roedd Rhodri'n dechrau teimlo braidd yn grac. Doedd e ddim yn hoff iawn o gael ei alw'n fab i neb arall. Roedd ganddo fam, a honno'n fam yr oedd e'n ei charu'n fawr.

Roedd fel petai'r wraig fechan yn gallu synhwyro'i

38

feddyliau. 'Paid â chynhyrfu, Rhodri Feddyg. Rwy'n adnabod dy fam; mae hithau'n ferch i mi hefyd, fel mae dy dad yn fab i mi. Dyna pam fod gennyt ti gryfder y Tylwyth yn ffrydio trwy dy wythiennau. Myfi yw Rhiain y Llyn, a ti yw un o ddisgynyddion fy mab, Ifan.'

Trodd llygaid gwyrddlas hynod Rhiain y Llyn tuag ato unwaith eto, a theimlodd Rhodri wefr drydanol yn symud trwyddo. Teimlai fel petai tonnau cynnes a phwerus yn torri drosto. Daeth y gair cariad i'w ymennydd o rywle. Tonnau o gariad, dyna a deimlai, cariad cenedlaethau, cariad tylwyth cyfan.

'Mae gennyt ti waith i'w wneud, Rhodri, gwaith pwysig iawn. Daw cyfrifoldeb enbyd i'th ran, ac mae'n rhaid i ti ymgymryd ag ef.' Roedd ei llais hi'n ddigyffro, a doedd dim o'r hyn a ddywedai wedi'i adlewyrchu ar ei hwyneb. 'Fyddi di ddim ar dy ben dy hun, oherwydd ganwyd tri i'r genhedlaeth hon – tri fel nas gwelwyd erioed o'r blaen. Buom yn aros am ganrifoedd am yr amodau cywir i wireddu'r broffwydoliaeth: canys daw'r tri dewisol o linach Rhiain y Llyn – Pengoch, Penfelen a Phenddu. Dyma'r drindod, y gwaredwyr, y rhai all ddinistrio'r pla a ddaeth i'n gwlad. Ti yw'r Gwaredwr Penddu, Rhodri Feddyg fab Ifan Feddyg.'

Erbyn hyn roedd Rhiain y Llyn wedi'i chyffroi, ond ddywedodd Rhodri 'run gair wrth weld y gobaith yn ei llygaid.

'Bydded gwaed a grym y Tylwyth hudol gyda thi yn y frwydr.'

Cododd y rhiain o'i heisteddle a chydio yn ei ddwylo. Saethodd ias drydanol trwy gorff Rhodri. Trodd llygaid Rhiain y Llyn yn bŵl a gwywodd y sglein ar ei gwallt. Caeodd Rhodri ei lygaid rhag gorfod gwylio'r olygfa ofnadwy. Pan agorodd ei lygaid eto, doedd dim golwg o'r rhiain yn unman.

Ai breuddwydio'r cyfan wnaeth e? Edrychodd o'i amgylch – doedd dim sôn am neb. Sylwodd fod Meg ar ei thraed erbyn hyn ac wrthi'n dilyn ei thrwyn ar hyd y llwybr llaith, fel petai dim byd anarferol wedi digwydd. Eto i gyd, gallai Rhodri deimlo'r iasau rhyfedd yn dal i ffrydio trwy'i ddwylo.

Pennod 7
Tasg Anti Magwen

 Safai Gwiddan wrth ddrws y tŷ llwm. Roedd hi wedi bod yn cnocio ers rhai munudau, ac am y tro cyntaf ystyriodd y posibilrwydd nad oedd Magwen gartref. Yna, fe glywodd glic a gwich uwch ei phen. Edrychodd i fyny, a dyna lle roedd Magwen yn edrych i lawr arni o ffenestr agored y llofft.

'Wel, paid â sefyll fan'na fel llo! Dere i mewn!' gwaeddodd yr hen wraig arni.

Gwenodd Gwiddan. Roedd hi wedi anghofio fod Anti Magwen yn gymeriad cryf a'i bod hi'n arfer dwlu ar Gwiddan ar yr adegau hynny pan fyddai'n dod yno yng nghwmni ei mam-gu. Doedd Magwen ddim yn fodryb go iawn iddi, ond roedd ei mam-gu'n nabod nifer o hen bobl oedd yn 'Anti' neu'n 'Wncwl' o ryw fath iddi.

Wrth i Gwiddan gamu i mewn i'r tŷ a chau'r drws ar ei hôl, roedd yr hen wraig yn cyrraedd at waelod y grisiau serth. Aeth Gwiddan ati a rhoi cwtsh mawr iddi. Roedd corff Magwen yn gyfarwydd – roedd hi'r un siâp â'i mam-gu, a theimlai Gwiddan fel petai hi'n cael cyfle i roi un cwtsh olaf i'w mam-gu.

'Olreit, olreit! Bobol bach! Wyt ti'n trio fy nhagu i?!' ebychodd Magwen. 'Dere i mewn i'r gegin fach,' ychwanegodd, gan arwain y ffordd ac yna eistedd ar gadair esmwyth, newydd a ffasiynol ei golwg. Roedd y gadair yn edrych braidd yn rhyfedd yn y tŷ diymhongar. Cilwenodd Gwiddan.

Edrychodd Magwen arni'n ddrygionus. 'Beth sy'n bod, groten? So ti'n credu fod hen wrach fel fi'n haeddu ambell beth go arbennig yn ei henaint?'

'Dydych chi ddim yn wrach, Anti Magwen! Peidiwch â bod mor wirion!'

Tynnodd yr hen wraig wyneb syn. 'Ddim yn wrach? Wela i! Jiw, jiw! Felly pam wyt ti'n meddwl fod 'da fi'r holl boteli a'r jariau 'ma'n llawn cynhwysion rhyfedd 'te?' Pwyntiodd hi i gyfeiriad yr hen seld.

Edrychodd Gwiddan ar y trugareddau cyfarwydd er mwyn ei phlesio. Cododd Magwen a cherdded tuag at y seld. Dechreuodd ddarllen yr ysgrifen ar y labeli: 'Mandragora, Wermod Lwyd, Llysiau Cadwgan, Gwlithlys Mawr, tafodau llyffantod ...'

'Ond roedden nhw gan Mam-gu hefyd ...' dadleuodd Gwiddan.

Edrychodd Magwen arni gydag un ael wedi'i chodi. Beth oedd Magwen yn ei awgrymu? Allai hi ddim bod o ddifrif? Eisteddodd Gwiddan ar hen gadair bren gerllaw, yn fud gan sioc.

'Beth sy'n bod? Paid ag esgus nad oeddet ti ddim wedi amau, groten!' Roedd Magwen wedi'i synnu.

Y gwir oedd fod Gwiddan yn ymwybodol erioed fod ei theulu hi'n wahanol. Roedd hi wedi bod yn nhai ffrindiau a sylwi nad oedd ganddyn nhw fferyllfa lysieuol a chypyrddau'n llawn cynhwysion rhyfedd. Roedden nhw'n mynd at y doctor pan oedden nhw'n sâl, ond fu Gwiddan erioed at y doctor. Mam-gu oedd yr unig feddyg yn eu tŷ nhw. Cofiai'r plant yn gwneud hwyl am ei phen pan aeth hi i'r ysgol yn wyth oed gyda the ffa'r gors yn ei blwch brechdanau. Roedd y te'n drewi fel tail moch, a hithau'n ymwybodol iawn o hynny, ond ei mam-gu oedd wedi'i fragu ar gyfer bola tost. Cafodd Gwiddan ei chosbi'r diwrnod hwnnw am gicio merch a alwodd ei mam-gu'n wrach. Wrth iddi eistedd ar y gadair bren, dechreuodd cannoedd o fân bethau wneud synnwyr iddi: am y tro cyntaf, roedd talpiau o'i bywyd yn dechrau dod ynghyd fel darnau o jig-so enfawr.

'O'n i'n gwybod fod rhywbeth o'i le; dydy ein teulu ni ddim fel teuluoedd eraill,' mwmialodd Gwiddan.

'Tynna'r wep sarrug 'na oddi ar dy wyneb!' meddai Magwen yn grac. Trodd Gwiddan i edrych arni'n syn. 'Sgen i ddim amser i'r hunandosturi 'ma. Dwyt ti 'rioed yn moyn bod fel pawb arall?'

'Sa i'n gwybod beth i'w feddwl mwyach,' atebodd Gwiddan yn brudd.

'Wel, gad i fi egluro un neu ddau o bethau i ti. Efallai y gwnaiff hynny dy helpu di …' Roedd llais Magwen yn garedig eto. Teimlai dros y ferch unig. Chafodd hi erioed y cyfle i nabod ei mam yn iawn, a nawr bod ei mam-gu wedi mynd hefyd deallai Magwen fod Gwiddan yn teimlo ar goll.

'Rwyt ti'n ferch arbennig iawn, Gwiddan. Mor arbennig … Un fel na fuodd erioed o'r blaen …'

Torrodd Gwiddan ar ei thraws. 'Dim ond merch gyffredin ydw i … merch sy'n mynd i'r ysgol fel pob plentyn arall fy oed i, merch sy'n gorfod gwneud gwaith cartref a …'

'O wyt, rwyt ti'n ferch gyffredin mewn llawer ffordd,' meddai Magwen, 'ond rwyt ti'n llawer iawn mwy na hynny hefyd. Mae dy waed di'n llawn hud a lledrith. Ti yw merch y dŵr, merch yr aer, y pridd a'r tân, merch y chwedlau, gwaredwr y Tylwyth.'

'Pa dylwyth? Dad yw'r unig dylwyth sydd gen i bellach …' Roedd Gwiddan mewn penbleth.

Eisteddodd Magwen yn y gadair fawr esmwyth. Roedd yn amlwg yn bryd iddi siarad yn blaen; yn bryd iddi fod yn hollol onest â'r ferch ifanc ddryslyd. Roedd hon yn mynd i fod yn stori hir.

* * *

Cyrhaeddodd Rhodri adre mewn breuddwyd. Chlywodd e mo'i fam yn gofyn iddo a oedd e wedi mwynhau wrth y llyn. Aeth ar ei union i'w stafell wely, ac aeth Meg i'w chwtsh.

Eisteddai Rhodri ar y gwely gan syllu allan o'r ffenestr i gyfeiriad Llyn y Fan. Ai dychmygu'r cyfan wnaeth e? Oedd twymyn arno, tybed? Cyffyrddodd â'i dalcen – na, roedd yn teimlo'n iawn, yn gwbl iach er gwaetha'r digwyddiad rhyfedd. Er ei fod yn amau ei fod wedi dychmygu'r holl beth, doedd e ddim yn barod i anghofio'r digwyddiad … na'r hyn a ddywedodd Rhiain y Llyn wrtho. Os oedd digwyddiadau'r prynhawn yn wir, yna roedd Rhodri'n falch o'r hyn ydoedd, neu'r hyn a honnai'r Rhiain ydoedd, o leia.

Deallai gymaint â hyn – rhywle yn ei achau, oesoedd maith yn ôl, roedd ganddo hen fam-gu oedd yn un o'r tylwyth teg. Fe briododd hi â dyn o gig a gwaed, gan greu llinach o ddynion daearol a feddai ar waed a phwerau'r hen fam-gu. Yr hyn a wnâi ef yn arbennig oedd fod ei fam a'i dad yn tarddu o'r llinach hon, ac felly roedd y reddf yn gryfach ynddo ef. Yn ôl Rhiain y Llyn roedd e'n wahanol … ond nid fe oedd yr unig un, roedd yna ddau arall tebyg iddo yn rhywle.

Gorweddodd ar ei wely i gnoi cil ar y cyfan. Pwy oedd y ddau arall? Beth oedd y dasg i'r tri ohonyn nhw? Beth oedd ei bwerau, tybed, a sut y gallai ddarganfod mwy? Wrth i'r pethau hyn ddawnsio a throelli trwy'i feddwl, rhaid ei fod e wedi cwympo i gysgu; y noson honno, mwynhaodd Rhodri'r cwsg gorau a gafodd erioed.

Pennod 8
Arwyddion

Am ryw reswm, doedd braidd dim yr oedd Magwen wedi'i ddweud wrth Gwiddan wedi treiddio i'w meddwl yn iawn. Eisteddai ar y bws ar ei ffordd adre gan deimlo'n wag fel plisgyn cneuen. Sut yn y byd y gallai hi fod yn wrach? Yn wrach! Yn ei meddwl hi, hen ferched hyll â thrwynau crwca a hetiau pigfain oedd gwrachod. Eto i gyd, sut arall oedd esbonio'r digwyddiad gyda'r adenydd yn yr ardd berlysiau … a'r olygfa yn fflam y gannwyll? Uwchlaw popeth arall, safai un peth yn ei chof, sef brawddeg olaf Magwen:

'Mae un dudalen ar goll o'r Llyfr Ryseitiau. Mae'n rhaid i ti ei chael hi'n ôl. Mae popeth yn dibynnu ar y dudalen honno.'

Nid oedd Magwen wedi dweud wrthi beth oedd cynnwys y dudalen, na beth oedd y *popeth* oedd yn ddibynnol ar gynnwys y dudalen goll. Roedd Gwiddan wedi bodio trwy'r llyfr gan ddod o hyd i'r rhwyg lle roedd ymyl y dudalen goll yn dal ynghlwm wrth y meingefn. Roedd ei mam-gu wedi dweud wrth Magwen fod y dudalen yn hollbwysig, ac os oedd Mam-gu'n dweud bod angen dod o hyd i'r dudalen yna roedd Gwiddan yn mynd i wneud hynny, doed a ddelo.

Pan gerddodd hi i mewn i'r tŷ, roedd ei thad wrthi'n rhoi asgell i'w ffroen chwith cyn anadlu i mewn.

46

'Dannodd?' holodd Gwiddan.

'Mae'n gwella. Mae'r gellhesg yn gwneud ei waith,' atebodd ei thad cyn eistedd wrth y bwrdd lle roedd ei bapur newydd ar agor.

'Mae 'na dudalen yn y Llyfr Ryseitiau am drin y ddannodd,' meddai Gwiddan gan geisio annog adwaith oddi wrth ei thad.

'Oes, dwi'n gwybod,' oedd ei ateb syml. 'Rwyt ti wedi ei ddarllen yn eitha manwl, felly?' Roedd ei thad hefyd yn ceisio mesur faint oedd hi'n ei wybod, er na chododd e ei lygaid o'i bapur.

'Wel, o'n i'n meddwl y byddai'n well i mi ddarllen rhywfaint ohono, gan fod Mam-gu mor awyddus imi ei gael,' atebodd Gwiddan yn ddi-hid.

Roedd y ddau yn chwarae gêm nawr: y naill yn trio baglu'r llall er mwyn denu gwybodaeth, heb ddangos yr hyn a wyddent yn bersonol.

'Syniad da,' meddai ei thad, gan droi tudalen yn ei bapur newydd.

Eisteddodd y ddau mewn tawelwch am beth amser. Doedd Gwiddan ddim eisiau cornelu'i thad, a doedd e ddim eisiau datguddio dim fyddai'n codi ofn arni hithau, chwaith.

Cododd Gwiddan a mynd i'w hystafell. Bu'n ddiwrnod hir ac emosiynol, ac roedd hi wedi blino'n lân.

Bore drannoeth, dringodd Gwiddan i mewn i'r bws a cherdded i lawr yr eil gyda'i llygaid barcud yn chwilio am Rhodri.

'Ti'n iawn?' mwmialodd Rhodri'n swil.

Am y tro cyntaf erioed, cydnabyddodd Gwiddan cymaint yr oedd arni ei angen. Meddyliodd petai brawd ganddi, dyma sut y byddai hi'n teimlo tuag ato.

'Sori am ddoe,' meddai Gwiddan.

'Paid â becso,' meddai yntau dan wenu, 'fe fues innau'n dwp 'fyd.'

Wrth i'r bws agosáu at yr arhosfan tu allan i'r ysgol cododd y ddau a dechrau cerdded tua'r drws, ond wrth iddynt basio'r gyrrwr daeth llais cyfarwydd o'r tu ôl iddynt.

'Hei! Bil a Ben! Dwi 'di prynu het ar gyfer y briodas … pryd mae'r diwrnod mawr?' Roedd Olwen â'r gwynt yn ôl yn ei hwyliau eto.

Rhewodd y ddau cyn troi mewn cytundeb mud i wynebu Olwen. Roedd yr urddas a'r pendantrwydd yn wynebau'r ddau yn arswydus. Yn sydyn, teimlai'r ddau yn dalach na chewri, yn ffyrnicach nag eirth ac yn fwy grymus na'r fyddin fwyaf. Wrth i Gwiddan a Rhodri syllu'n heriol ar Olwen, cyffyrddodd llaw y naill â'r llall. Yn y weithred honno, trodd llygaid y ddau yn wyrdd fel dyfnderoedd Llyn y Fan, a melltennodd pŵer cenedlaethau eu tylwyth hudol ar draws eu hwynebau.

Safai Olwen yn gegagored. Doedd neb ond hi wedi sylwi ar y fflach fygythiol yn llygaid y ddau ffrind. Aeth y plant eraill ati i wthio heibio i'w gilydd er mwyn dianc oddi ar y bws cyn gynted â phosib. Trodd y ddau ffrind a cherdded i lawr y grisiau. Ar ôl i'r bws wagio, edrychodd y gyrrwr yn ei ddrych a gweld fod Olwen yn dal yno, yn eistedd yn dawel tua chanol y bws.

'Hei, wyt ti'n mynd i'r ysgol heddiw ai peidio?' arthiodd yn flin arni.

Cododd Olwen yn araf a cherdded i lawr canol y bws. Wrth iddi sefyll ar y palmant, caeodd y gyrrwr y drysau a gyrru i ffwrdd. Meddyliai Olwen am yr hyn a welodd wrth iddi gerdded yn araf i fyny'r lôn tuag at yr ysgol. Sylweddolodd yn sydyn nad ofn oedd arni ond chwilfrydedd. Yn yr eiliad honno, wrth i'r ddau ffrind ei herio, fe welodd hi rywbeth cyfarwydd iawn yn eu llygaid, a theimlodd wefr yn ei denu tuag atynt. Roedd rhywbeth dirgel yn ei hudo hi at y ddau a fu'n ddim ond testun sbort a gwawd iddi yn ddiweddar.

Yn y wers Gymraeg y bore hwnnw, eisteddai Gwiddan yn dawel yn y gornel fel arfer. Roedd hi a Rhodri wedi gwahanu wrth gyrraedd drysau'r ysgol, felly chafon nhw ddim cyfle i drafod yr hyn a ddigwyddodd rhyngddyn nhw ac Olwen. Yn wir, roedd hynny'n fendith i'r ddau achos doedd gan yr un ohonyn nhw syniad beth i'w ddweud.

'Reit 'te blant, mae hi'n amser dewis i ble rydyn ni'n mynd ar drip yr adran eleni. A dwi ddim eisiau neb i ddweud Alton Towers, mae'n rhaid iddo fod yn drip ag elfen Gymreig iddo,' daeth llais Miss Puw fel saeth i darfu ar ei breuddwyd.

Ochneidiodd pawb yn siomedig. Roedden nhw'n ofni y byddai'n rhaid iddynt fynd i Dyddewi neu i Sain Ffagan am y canfed tro.

'Beth am Oakwood?' cynigiodd un bachgen yn obeithiol.

'Na, Dafydd. Beth sydd gan Oakwood i'w wneud â diwylliant Cymreig?'

'Mae e yng Nghymru!' dadleuodd Dafydd yn rhesymol.

'Ydi, digon gwir, ond baswn i'n hapusach petai'r trip yn cynnwys elfen yn ymwneud â llenyddiaeth neu dreftadaeth Gymreig … yn hytrach na lleoliad daearyddol yn unig!'

Chwarddodd un neu ddau o'r disgyblion mwyaf galluog.

Wrth i bawb ddadlau, dechreuodd cynllun ffurfio ym meddwl Gwiddan, a chyn iddi ystyried y goblygiadau, cododd ei llaw.

'Gwiddan, plîs dwed wrtha i fod gen ti awgrym call!' ebychodd Miss Puw.

Edrychodd pawb arni, rhai'n chwilfrydig, eraill yn fygythiol. Doedd neb yn siŵr beth oedd hi'n mynd i'w gynnig. Un peth oedd yn sicr: petai hi'n dweud Tyddewi, byddai ei chyfoedion yn ei thagu!

'Wel, beth am …' petrusodd hi rhywfaint, ag ofn wedi cydio ynddi.

'Ie? I ble hoffet ti fynd, Gwiddan, … rhywle call yn unig, cofia!' rhybuddiodd Miss Puw.

'Beth am fynd i'r Llyfrgell Genedlaethol?' awgrymodd Gwiddan a'i chalon yn curo fel drwm.

Cododd ochenaid aruthrol trwy'r stafell ddosbarth. I weddill y plant, roedd Tyddewi'n dechrau edrych yn fwy atyniadol, ond roedd Miss Puw mor blês gyda'r awgrym nes y bu bron â llewygu. 'Nefoedd, Gwiddan! Am syniad ffantastig! Fuaswn i erioed wedi meddwl am y peth! Yr unig le oedd gen i mewn golwg oedd Tyddewi … neu efallai Sain Ffagan! Ie! Dwi 'di penderfynu … Y Llyfrgell Genedlaethol yn Aberystwyth amdani!' taranodd Miss Puw'n fuddugoliaethus.

Dechreuodd si godi ymhlith y dosbarth. Onid oedd traeth yn Aberystwyth? Onid oedd siopau yno? Roedd y merched yn trafod yn barod faint o arian roedden nhw am fynd gyda nhw i'w wario ar ddillad ac roedd nifer o'r bechgyn yn trafod pa ferched fydden nhw'n eu cludo i'r traeth i'w taflu i'r môr. Dechreuodd eu hagwedd at Gwiddan newid. Yn eu dychymyg nhw, roedd trip i Aberystwyth yn dechrau cymharu â thrip i'r nefoedd, ac er nad oedd Gwiddan yn hollol siŵr pam y cynigiodd hi'r syniad, gwyddai mai dyna oedd man cychwyn chwilio am dudalen goll y Llyfr Ryseitiau.

Yng nghanol y cyffro, ni sylwodd hi ar un person yn ei gwylio'n ofalus o ben draw'r ystafell. Eisteddai Olwen yno, yn dawel ystyried bwriadau Gwiddan.

Pennod 9
Paratoudau

Cerddai Miss Smith y brifathrawes o amgylch ei swyddfa'n bryderus. Roedd digwyddiadau'r diwrnodau diwethaf yn troelli trwy'i meddwl ac yn codi'i phwysedd gwaed.

'Beth mae hi'n ei wneud?! Mae ganddi gynllwyn, dwi'n siŵr o hynny! Y Llyfrgell Genedlaethol, wir!' cyfarthodd hi'n wyllt. Teimlai mor grac nes iddi gydio mewn llyfr oedd ar ei desg a'i daflu ar draws yr ystafell, gan beri i'r tudalennau ddatod oddi wrth y meingefn a gwasgaru ar hyd y llawr.

Canodd y ffôn. 'Helo?' Taranodd ei llais i lawr drwy'r derbynnydd.

Mrs Edwards yr ysgrifenyddes oedd yno, yn ei hysbysu fod ganddi alwad ar lein dau. 'Rhowch hi drwodd,' ebychodd Miss Smith yn finiog.

Llais bas ddaeth i glust y brifathrawes, llais difrifol a chrac dyn canol oed.

'Janet?'

'A lle wyt ti wedi bod? Dwi 'di ffonio sawl gwaith!' poerodd Miss Smith. Yn amlwg, doedd arni ddim ofn y dyn er gwaetha'r llais brawychus.

Roedd y sgwrs yn un anghwrtais ar y cyfan, a Miss Smith yn ymosod yn eiriol ar y dyn bob hyn a hyn gyda chyhuddiadau ynghylch ei fethiant i gadw cysylltiad â hi a'i amharodrwydd i gymryd *y sefyllfa* o ddifrif.

'Beth ar wyneb y ddaear mae hi eisiau yn y Llyfrgell Genedlaethol?' chwyrnodd y brifathrawes. 'Mae ganddi rywbeth mewn golwg ... dwi'n dweud wrthot ti nawr, mae'r ferch 'na'n bishyn slei ac mae ganddi lawer mwy o wybodaeth nag y tybiwn ni!'

Dywedodd y llais wrthi am geisio ymdawelu, ond cafodd hynny effaith i'r gwrthwyneb. Aeth Miss Smith yn wyllt, gan ryddhau'i rhwystredigaeth trwy ddechrau rhegi a choethan i lawr y derbynnydd fel morwr meddw.

* * *

'Mae hi'n edrych arnon ni eto,' sibrydodd Gwiddan wrth Rhodri tra oedden nhw'n cael eu cinio. Roedd y ffreutur yn orlawn a'r sŵn yn fyddarol. Eisteddai Olwen ar ei phen ei hun yn ciledrych ar Gwiddan a Rhodri wrth iddi esgus bwyta'i chinio.

'Paid ag edrych arni!' atebodd e'n llym.

Roedd Gwiddan ar bigau'r drain eisiau trafod yr hyn a ddigwyddodd y bore hwnnw ar y bws, ond roedd arni ofn delio ag adwaith ei ffrind. Beth petai e'n gwadu iddo deimlo'r wefr? Beth petai e'n edrych arni fel merch o'i cho wrth iddi sôn am y gwreichion o egni a deimlodd hi wrth i'w dwylo gyffwrdd ar ddamwain?

Meddyliai Rhodri'r un fath â hi, a chwiliodd am ffordd lai uniongyrchol i annog y drafodaeth.

'Aberystwyth 'te?' cynigiodd dan wenu.

'Paid ti â dechrau!' ymbiliodd Gwiddan gan gilwenu. Mae'n rhaid ei fod wedi cael clywed gan rywun arall am ddigwyddiadau'r bore.

'Pam wyt ti eisiau mynd i Aberystwyth yn benodol?' gofynnodd gydag wyneb anghrediniol.

'Dim rheswm penodol!' Doedd hi ddim eisiau dweud celwydd wrtho, ond allai hi ddim esbonio chwaith … allai hi ddim egluro'r dynfa yno iddi hi ei hunan, heb sôn am ddechrau egluro hynny i rywun arall, hyd yn oed Rhodri.

'Hmm,' atebodd, gyda'i wyneb yn dal â golwg ddryslyd arno.

'Ta waeth,' ychwanegodd hi, 'mae'n well na blincin Tyddewi, does bosib?'

'Gawn ni weld,' atebodd Rhodri o dan ei anadl, a gwenodd y ddau ar ei gilydd.

Syllai Olwen arnynt. Roedd ei chwilfrydedd ynghylch y ddau ffrind yma'n tyfu gyda phob awr. Roedd rhywbeth od wedi digwydd ar y bws y bore hwnnw. Yr eiliad honno pan gyffyrddodd y naill yn y llall, a'u llygaid yn troi'n wyrddlas, deffrôdd rhywbeth yn Olwen: rhywbeth a ddywedai wrthi ei bod hi'n adnabod y ddau yma, fod yna gysylltiad rhyngddynt. Yn sydyn iawn, ac er gwaetha'i hymdrechion i frwydro yn erbyn y reddf wrthun yma, roedd hi'n teimlo atyniad cryf tuag at Gwiddan a Rhodri.

* * *

Plygai Magwen uwchben ei chrochan bach. Roedd myrdd o gynhwysion ar hyd yr hen fwrdd pren. Taflodd ddarn o lysieuyn a llond dwrn o hadau i'r crochan.

Â holl bwerau'r oes a fu
Fe rwymaf swyn i'w cadw:
Y rhai a ddônt i'w bygwth hwy
Ni fyddant yn ddim ond lludw!

Llafarganai'r hen wrach y pennill drosodd a throsodd wrth iddi ychwanegu'r cynhwysion. Codai stêm coch o'r crochan a ffrwtiai'r gymysgedd yn filain. O bob cornel yn y gegin fach deuai llu o sibrydion tyner i ymuno yng nghân yr hen wrach. Yna, gyda chlep anferth fel taran, diflannodd y lleisiau; roedd y ddiod hudol yn barod. Arllwysodd hi'r hylif i ddwy botel fach ar y bwrdd cyn eu selio â chyrc bychain. Yna, ar ôl iddi roi'r poteli bach gyda'u cynnwys gwerthfawr yn yr oergell i'w cadw, trodd y radio ymlaen a dechrau tacluso'r llanast.

Pennod 10
Pererindod

Trefnwyd y trip i Lyfrgell Genedlaethol Cymru ar ddiwrnod olaf mis Hydref. Teimlai Gwiddan fod hynny'n gydddigwyddiad hwylus am ei fod hefyd yn ben-blwydd arni yn dair ar ddeg y diwrnod hwnnw.

Ar fore'r trip, roedd ei thad wedi rhoi ei anrheg iddi: pâr o dreinyrs swanc iawn. Roedd hi wrth ei bodd gyda nhw!

'Ga i eu gwisgo nhw i fynd ar y trip, Dad?' ymbiliodd hi.

'Cei, siŵr!' atebodd ef yn awyddus, 'dim ond i ti beidio â mynd i'r môr ynddyn nhw!'

'Wna i ddim, siŵr!' atebodd hi'n ufudd.

Caent wisgo dillad-bob-dydd i fynd ar dripiau. Roedd hynny'n uchafbwynt unrhyw drip ysgol! Taflodd Gwiddan ei brechdanau a'i chot law ysgafn yn ei bag-cefn cyn rhuthro am y drws.

Ar ôl iddi adael, aeth ei thad ati i olchi'r llestri brecwast. Ystyriodd tybed a fyddai ei ferch yr un mor hapus gyda'r anrheg arall y byddai hi'n ei derbyn ar ei phen-blwydd. Roedd yr anrheg arbennig honno'n felltith i rai, ond roedd yn rhan o etifeddiaeth pob un o ddisgynyddion y Tylwyth, ac yn fwy o beth i rai fel Gwiddan – sef rhai oedd â dau riant yn rhan o'r llinach hudol.

'Gofala am ein merch ni, Gwenan,' ochneidiodd tad

56

Gwiddan, wrth godi llun o'i wraig mewn ffrâm oddi ar y ddresel.

Aeth Gwiddan i'r ysgol heb sylwi ar bryder ei thad; eto i gyd, teimlai'n wahanol iawn y diwrnod hwnnw. Oedd, roedd yn gyffrous cael mynd ar drip, ac wrth gwrs roedd yn benblwydd arni, ond roedd yn fwy na hynny hyd yn oed. Teimlai fod pethau'n newid. Roedd hi'n dal i weld eisiau ei mam-gu, ond roedd ganddi rhywfaint o dawelwch meddwl am y tro cyntaf erstalwm. Teimlai fel petai hi ar fin dechrau bywyd newydd, bywyd â phwrpas iddo, a gwyddai fod hynny'n rhywbeth yr oedd hi wedi'i etifeddu gan ei mam a'i mam-gu. Er nad oedd Gwiddan yn deall y cyfan eto, gwyddai fod y Llyfr Ryseitiau'n rhan o'r pwrpas, a'r dudalen goll yn hollbwysig. Roedd rhywun wedi cuddio'r dudalen i'w chadw'n ddiogel, a'i thasg hi oedd dod o hyd i'r dudalen honno.

Roedd y siwrnai ar y bws i Aberystwyth yn dawelach na'r siwrneiau boreol arferol. Dim ond blwyddyn wyth oedd yn mynd ar y trip, felly doedd dim plant hŷn yn bresennol i gorddi pawb ac annog terfysg.

Roedd hi'n siwrnai gymharol hir, ac yn fwy troellog nag yr oedd yr un ohonyn nhw (heblaw Miss Puw, a oedd wedi bod yn Aberystwyth nifer o weithiau o'r blaen) wedi'i rag-weld. Bu'n rhaid stopio ddwywaith i rywun gael rhedeg i'r clawdd i chwydu, ond er bod Gwiddan yn teimlo'n benysgafn ar brydiau, nid y ffordd droellog oedd i gyfrif am hynny.

Y gwir oedd fod ei greddfau hudol yn dechrau ymysgwyd ar ôl tair blynedd ar ddeg o gwsg. Roedd ei grymoedd yn

57

gwthio'u ffordd i'w chelloedd ac yn eu deffro gyda'u swyn.

'Wyt ti'n iawn?' gofynnodd Rhodri, gan sylwi ar y diffyg lliw ym mochau ei ffrind.

'Ydw, rhaid mai'r hewl droellog sy'n fy ngwneud i'n benysgafn,' atebodd Gwiddan. Doedd hi ddim yn gwybod beth arall i'w ddweud.

'Rhyfedd,' meddai Rhodri. 'Dwyt ti byth yn sâl wrth deithio,' ychwanegodd yn ddigyffro. 'Cofia di, roeddwn innau'n teimlo'r un fath ar fy mhen-blwydd i'n dair ar ddeg … a bues i ddim yn agos at unrhyw hewl droellog!'

Roedd Gwiddan yn cofio. Roedd Rhodri wedi methu chwarae rygbi'r diwrnod hwnnw, a doedd e ddim wedi colli gêm cyn hynny nac wedyn. Byddai Gwiddan yn ei bryfocio'n aml y byddai'n mynnu chwarae rygbi hyd yn oed pe bai ond un goes ac un fraich ganddo!

Erbyn hyn, roedden nhw wedi cyrraedd cyrion tref Aberystwyth. Cododd Miss Puw ar ei thraed ym mhen blaen y bws i annerch y disgyblion.

'Reit, mae'r gyrrwr newydd ddweud wrtha i ei fod e'n mynd i'n gyrru ni mor agos at y llyfrgell â phosib, ond mae'n rhaid i chi fynd â phopeth gyda chi achos chaiff e ddim parcio y tu allan i'r llyfrgell.'

Dechreuodd bawb godi a chasglu eu stwff yn swnllyd.

'Shhhh! Tawelwch am funud, plîs!' Doedd Miss Puw heb orffen. 'Dwi wedi trefnu fod rhywun yn cwrdd â ni i'n hebrwng o amgylch y llyfrgell, a chofiwch mai llyfrgell yw hon ac nid sw. Mae disgwyl i chi fod yn dawel a dangos parch at y bobl sy'n gweithio yma, iawn?'

'Iawn,' llafarganodd pawb gyda'i gilydd fel robotiaid.

Dringon nhw'r grisiau oedd yn arwain at ddrysau'r brif fynedfa, gan ymgasglu yn y cyntedd. Roedd urddas tawel y cyntedd yn ddigon i roi taw ar barabl cyffrous y disgyblion. Ar ôl i'r dyn diogelwch archwilio'u bagiau, daeth gŵr canol oed i gyfarch Miss Puw. Roedd yn amlwg fod y ddau yn hen ffrindiau.

Trodd y dyn at y disgyblion. 'Fy enw i yw Meical, a fi sy'n mynd i'ch tywys chi o gwmpas y llyfrgell heddiw. Un neu ddau o bethau cyn dechrau. Does neb yn cael tynnu ffotograffau yn y llyfrgell. Os oes damwain, mae gan nifer o aelodau'r staff gymwysterau cymorth cyntaf. Os glywch chi sŵn larwm parhaus, y larwm tân yw e. Dylech chi fynd allan o'r adeilad yn ôl cyfarwyddyd aelodau'r staff. Ar y llawr yma, anelwch am y teras o flaen y llyfrgell, gan ddefnyddio'r brif fynedfa, neu os ydych ar y llawr isaf lle mae'r bwyty, defnyddiwch y drysau bach ag arwyddion gwyrdd Allanfa Frys uwch eu pennau. Os ydych yn digwydd colli rhywbeth o'ch eiddo tra eich bod yn y llyfrgell, holwch wrth y dderbynfa cyn gadael. Unrhyw gwestiynau? Iawn, i ffwrdd â ni felly!' ebychodd Meical yn sionc, a'u harwain i'r gyntaf o'r ystafelloedd enfawr.

'Hon yw Ystafell Ddarllen y Gogledd.' Cododd Meical ei law yn arwydd i bawb aros. 'Dyma lle rydyn ni'n cadw llyfrau, cylchgronau a phapurau newydd gwreiddiol.'

Syllodd y disgyblion o'u hamgylch. Roedd milltiroedd o silffoedd â llyfrau arnynt; edrychai fel petai'n gartref i bob gair ysgrifenedig mewn bodolaeth.

'Ar y silffoedd y tu ôl i chi mae na 'doreth o lyfrau'n cynnwys straeon y Mabinogi a'r tylwyth teg, heb sôn am gannoedd o chwedlau gwerin. Wrth gwrs, dyw plant heddiw'n gwybod dim am chwedlau traddodiadol y Cymry, ac mae hynny'n gywilyddus!'

Ar ôl ei araith, gadawodd Meical i'r plant fynd i ymchwilio am ychydig. Roedd Miss Puw wedi cochi. Teimlai fod bai arni hi am nad oedd hi'n cael dysgu'r hen chwedlau mwyach.

'Mae e'n gywilyddus, Meical, dwi'n cytuno! Ond does dim dewis gen i. Mae'r brifathrawes wedi gwahardd staff yr adran rhag cyfeirio at y chwedlau, a hyd y gwn i, mae'r un peth yn wir am y mwyafrif o ysgolion erbyn hyn.'

Roedd digon o lyfrau diddorol eu diwyg ar hyd y silffoedd diderfyn, ond synhwyrai Gwiddan nad yn yr ystafell hon yr oedd yr hyn roedd hi'n chwilio amdano. Roedd ganddi dasg bwysicach i'w chyflawni heddiw. Oedodd am eiliad i ystyried sut y gwyddai hi hynny, a daeth yr ateb iddi ar ei union … y Llyfr Ryseitiau oedd yn ei harwain. Fel mam yn chwilio am ei phlentyn, roedd y llyfr yn ysu am gael y dudalen goll yn ei hôl. Ers y diwrnod hwnnw pan awgrymodd Gwiddan yn y wers Gymraeg y dylen nhw ddod i'r llyfrgell, roedd y llyfr wedi bod yn plannu cynllwynion yn ei hisymwybod. Yn wir, wrth iddi fyfyrio fel hyn, gwawriodd ar Gwiddan mai'r llyfr oedd yn gyfrifol rywsut am iddi awgrymu eu bod yn dod yma ar y trip ysgol. Doedd dim ofn y llyfr arni; llyfr ei mam-gu oedd e ac roedd ganddi gysylltiad cryf gyda'r llyfr erbyn hyn. Er hynny, teimlai fod ganddi waith dod i ddeall y llyfr, a synnai at bwerau dirgel yr hen dudalennau.

Ar hynny, sylwodd Gwiddan fod Meical yn casglu pawb at ei gilydd ac yn dechrau symud i gyfeiriad yr ystafell nesaf. Cerddon nhw ar hyd coridorau'r adeilad urddasol, a'r grŵp yn nadreddu tu ôl i Meical fel mwydyn hir. Cerddai Rhodri ychydig o'i blaen, yn sgwrsio gydag un o'i ffrindiau rygbi. Wrth i'r gynffon o blant ddilyn Meical yn ufudd ar hyd y coridorau, teimlodd Gwiddan atyniad i gyfeiriad coridor cul arall. Oedodd am eiliad i astudio llun o hen ŵr a edrychai'n hynod o hunanbwysig, yna sleifiodd i lawr y coridor gan adael i'r gweddill gario ymlaen ar eu taith.

Yno, yn y coridor, gwyddai y byddai un plentyn yn amlwg i unrhyw un a âi heibio. Yn reddfol, aeth Gwiddan i ben draw'r coridor tuag at ddrws cymharol newydd ei olwg a chydio yn y ddolen, ond cyn iddi drio'r drws, daeth llais tawel i'w meddwl.

'Na, nid hwn, y drws nesaf …'

Cymerodd Gwiddan yn ganiataol mai'r Llyfr oedd yn siarad â hi, a heb gwestiynu'r cyfarwyddyd anhygoel, symudodd ymlaen a thrio'r drws nesaf. Roedd e ar glo.

'Dratia!' Cnôdd ei gwefus isaf a cheisio meddwl. Mewn chwinciad, roedd hi wedi tynnu'i bag oddi ar ei chefn a'i osod ar y llawr o'i blaen. Twriodd i'w berfeddion a thynnu'r Llyfr Ryseitiau allan.

'Gwiddan!' daeth llais Rhodri o ben arall y coridor.

'Nefoedd fawr, Rhodri, buest ti bron â rhoi haint i fi!' ebychodd gyda'r llyfr yn dal yn ei llaw.

'Sori, ond pan welais i dy fod ar goll, fe ddes i 'nôl y ffordd ddaethon ni i chwilio amdanat ti,' eglurodd a'i wynt yn ei ddwrn.

Syllodd Rhodri ar y llyfr cyn troi ei lygaid yn ôl at ei ffrind. Eiliad cyn iddo agor ei geg i holi beth oedd hi'n ei wneud, agorodd y Llyfr Ryseitiau a dechreuodd y tudalennau droi'n wyllt, fel pe bai gwynt wedi cydio ynddynt. Yr un mor sydyn, llonyddodd y llyfr eto a sylwodd Gwiddan beth oedd y pennawd ar frig y dudalen.

'Swyn Mynediad,' darllenodd Gwiddan.

'Beth yn y byd …?' dechreuodd Rhodri, ond cododd Gwiddan ei llaw i'w dawelu.

'Does gen i ddim amser i esbonio nawr, ond fe wna i – dwi'n addo – ar y bws ar y ffordd adre!'

Darllenodd hi'r swyn gyda Rhodri'n syllu arni'n awyddus. Roedd ei ddryswch yn diflannu'n gyflym. Ar ôl y digwyddiad gyda Rhiain y Llyn, gwyddai'n reddfol fod ganddo yntau ran i'w chwarae yn yr hyn oedd yn digwydd yn awr.

> Er gwaetha'r hyn sy'n aros nawr
> Rhwng canol nos a thoriad gwawr,
> Mynnaf gael mynediad prin
> I'r gwir tu ôl i'r cloeon hyn.

Clywodd y ddau sŵn clec fach o gyfeiriad clo'r drws, ond pan aeth Gwiddan i droi'r ddolen, roedd y drws yn dal ar glo.

Edrychodd hi ar Rhodri, ond roedd e'n syllu'n ddwys ar y

drws.

'Dydy dy bŵer di ddim yn ddigon cryf eto. Dim ond heddiw wyt ti'n dair ar ddeg, felly mae dy bwerau di'n dal yn eu babandod, fel petai.'

Syllodd Gwiddan arno'n syn. 'Oce 'te, Myrddin,' ebychodd hi'n chwareus, 'felly beth wyt ti'n awgrymu?'

'Fe adroddwn ni'r swyn gyda'n gilydd! Yr unig beryg yw y bydd pŵer dau o ddisgynyddion y Tylwyth yn ddigon cryf i chwythu'r drws oddi ar ei golynnau!' Gwenodd e'n hunangyfiawn arni.

'Dau o … ! Mae gen tithau waith esbonio i'w wneud ar y bws 'na hefyd, gwd boi!' arthiodd Gwiddan.

Gwenodd y ddau ar ei gilydd cyn troi i edrych ar y swyn eto.

'Reit – ar ôl dau …' gorchmynnodd Gwiddan, ac fe gydadroddon nhw'r swyn.

Ni ddaeth y drws oddi ar ei golynnau, ond fe gliciodd y clo yn uchel cyn i'r drws agor yn hamddenol led y pen. Aeth y ddau trwyddo, a'i gau'n ofalus ar eu holau.

Pennod 11
Cynulliad y Cenhadon

Roedd cerddediad Miss Smith yn benderfynol wrth iddi adael ei char ar ochr yr heol a cherdded i lawr y stryd. Ar ôl awr a hanner o yrru, roedd hi wedi cyrraedd tref Llandrindod. Roedd yn gas ganddi yrru car; teimlai'n ddig, fel petai'r weithred islaw iddi, ond nawr ei bod wedi cyrraedd Llandrindod, roedd ei dicter yn prysur ddiflannu.

Wrth iddi orymdeithio i lawr y stryd, teimlai ei chalon yn codi gyda phob cam. Cerddodd heibio i westai a thai Fictoraidd crand – yn ysu nawr i gael cyrraedd pen ei thaith. Ym mhen draw'r stryd, ar gyffordd dwy heol, gwenodd wrth iddi aros i syllu ar dŷ mawr moethus. Trodd i mewn a cherdded ar hyd llwybr y tŷ at y drws. Sychodd ei thraed ar y mat a thwtio'i gwallt seimllyd yn ei hadlewyrchiad yng ngwydr y drws cyn troi'r ddolen a chamu i mewn.

Er mai tŷ oedd hwn yn wreiddiol, roedd e bellach wedi ei droi'n swyddfa grand. O'r cyntedd, cerddodd Miss Smith at y dderbynfa.

'Helo, Miss Smith,' croesawodd yr ysgrifenyddes tu ôl i'r ddesg hi dan wenu. 'Mae'n braf eich gweld chi heddiw.'

'Helo, Lisa. Ac mae'n braf i minnau gael bod 'nôl yma,' suodd y brifathrawes.

Gwenodd yr ysgrifenyddes arni eto. 'Fe ffonia i'r

Archgenhadwr i chi nawr.' Cododd y ffôn a gwasgu botwm.

'Bore da, Archgenhadwr. Mae Miss Smith yma i'ch gweld chi,' meddai Lisa cyn rhoi'r derbynnydd yn ôl yn ei le. 'Fe ddaw e i lawr nawr, Miss Smith. Eisteddwch!'

Gwenodd Miss Smith cyn troi i eistedd ar soffa foethus. Wrth iddi aros, edrychodd o'i hamgylch. Roedd ganddi gymaint o atgofion melys o'r adeilad hwn. Atgofion o'r amser pan fu hi'n hyfforddi yno, yn y cyfnod cyn iddi hi ac eraill gael eu gorfodi i adael a'u penodi'n brifathrawon ar hyd a lled y wlad. Roedd hi'n dal yn ddig am hynny; doedd hi ddim yn mwynhau ei dyletswyddau dyddiol, ond roedd yn rhaid derbyn ei bod hi yno i gyflawni gwaith pwysig. Gwaith y Cenhadon. Roedd y cyfan yn rhan o'r cynllun.

'Janet!' Taranodd y llais o ben y grisiau. Dyma'r dyn y bu Miss Smith yn dadlau ag ef ar y ffôn ychydig ddyddiau ynghynt. Trodd Miss Smith ei phen i gyfeiriad y llais a gwenu'n llydan. Roedd hi, o leiaf, wedi anghofio'u ffrae.

'Henry!' Cyfarchodd hi'r dyn gan ysgwyd ei law.

Roedd yr Archgenhadwr Henry fel petai e wedi anghofio'u dadl dros y ffôn hefyd, er iddo ryfeddu ychydig ddyddiau ynghynt fod ei gyn-ddisgybl yn mentro siarad ag e yn y fath fodd. 'Mae'n hyfryd cael dy weld ti, yn hytrach na dim ond clywed dy lais dros y ffôn,' meddai Henry. 'Dere lan i'm hystafell.'

A dilynodd Miss Smith y dyn mawr i fyny'r grisiau.

Unwaith y cyrhaeddon nhw'r ystafell, cynigiodd yr Archgenhadwr gadair iddi. Roedd bod yn ôl yn y pencadlys wedi cynhyrfu Miss Smith. Roedd ganddi'r fath hiraeth am y lle, tybiodd ei fod yn werth iddi drio'i lwc.

'Pan ges i dy wahoddiad i ddod yma, roeddwn i'n gobeithio dy fod ti am ofyn imi ddod yn ôl!'

'Jiw, na!' ebychodd y dyn. 'Fyddwn i byth yn gwneud hynny!' meddai wedyn, gan chwerthin.

Edrychai'r brifathrawes fel petai wedi'i tharo gan ei wrthodiad a sylwodd yr Archgenhadwr ar hyn.

'Dere nawr, Janet,' sebonodd. 'Mae gen ti ddyletswydd bwysig i'w gwneud ar ran y Cenhadon. Ti'n gwybod 'nny ... Fe gei di ddod 'nôl, wrth gwrs y cei di ... Fe gaiff pob un ohonoch ddod 'nôl yma'n fuddugoliaethus pan fydd y gwaith wedi'i gyflawni.'

Teimlai Miss Smith fel petai hi wedi derbyn cenhadaeth greulon iawn.

'Wel, Henry ...' meddai'n swrth. 'Mae'n hawdd iawn i ti ddweud hynny, a thithau'n cael aros yma ym Mhencadlys y Cynulliad ...'

'Dyna oedd penderfyniad yr aelodau, Janet, a dwi ddim am dreulio amser yn cyflwyno'r un dadleuon i ti bob tro rydyn ni'n cwrdd.'

Roedd llais y dyn yn gadarn ond doedd e ddim yn ymddangos yn grac. Roedd yn amlwg yn cydymdeimlo â hi.

'Ti'n iawn, Henry,' mwmialodd hi. 'Mae'n flin gen i.' Edrychodd hi arno gydag wyneb difrifol. 'Felly, hen gyfaill, wyt ti am ddweud wrtha i beth yw'r rheswm am y gwahoddiad yma heddiw?'

Teimlai'r brifathrawes yn ddrwgdybus ohono, ond roedd

hynny'n naturiol: doedd byth unrhyw ymddiriedaeth rhwng Cenhadon.

'Reit, ie ...' oedodd yr Archgenhadwr cyn codi o'i gadair i edrych allan trwy'r ffenestr fawr. Roedd golwg ddwysfyfyriol ar ei wyneb.

'Mae'n bryd wynebu ffeithiau, Janet. Mae'r Cynulliad wedi gwneud camsyniad dychrynllyd. Fe sefydlon ni'r pencadlys yma yn Llandrindod ar ôl derbyn gwybodaeth gan ein Uwch Genhadon gorau am beth fyddai'n digwydd i'r Tylwyth, ond mae'n ymddangos erbyn hyn eu bod nhw wedi camddeall.'

Oedodd yr Archgenhadwr am eiliad. Roedd Miss Smith yn fud; gwyddai am waith ymchwil yr Uwch Genhadon, yn wir, fe fu'n ddisgybl i un o'r goreuon yn ystod ei hyfforddiant. Yr Uwch Genhadon oedd gwŷr a gwragedd hynaf a doethaf y Cynulliad. Roedd yn amhosib eu bod nhw wedi camgymryd – allen nhw ddim fod wedi gwneud rhywbeth mor esgeulus!

Aeth yr Archgenhadwr yn ei flaen. 'Ti'n gweld, Janet, dim ond gwybodaeth bytiog iawn oedd ar gael iddynt: gwybodaeth hanner gorffenedig mewn hen lyfrau carpiog ...'

Edrychodd Miss Smith arno'n ofnus. 'Beth sy'n bod, Henry? Beth sy wedi digwydd?'

'Fel rwyt ti'n gwybod, y cliw gorau oedd gennym am ddyfodiad yr un i'n trechu oedd y sibrydion am y *Drindod* ... sef un o'r rhesymau pam wnaethon ni benderfynu sefydlu'r Cynulliad yma yn Llan*drindod*!'

'Ie … ac …?' Roedd y brifathrawes yn awyddus i glywed rhagor.

'Ond erbyn hyn, rydyn ni'n gwybod nad yn Llandrindod y ganwyd yr *Un*, nage?' Roedd y dyn pwysig yn dechrau cynhyrfu. 'Ym Myddfai y mae hi, yn dy ardal di … ac mae'n ymddangos fod ganddi'r Llyfr yn ei meddiant hefyd! Ond wrth gwrs rwyt ti, o bawb, yn gwybod hyn, Janet. Mae gennyt ti dy amheuon ynglŷn â phwy yw hi, yn does?'

'Oes,' atebodd Miss Smith. 'Fe deimlais i ei phŵer hi pan ddefnyddiodd hi'r Llyfr am y tro cyntaf. Ond rydyn ni'n ymwybodol o hyn ers rhai misoedd bellach. Dwi ddim yn gweld beth sydd wedi newid, Henry!'

Roedd y ddau wedi'u cynhyrfu, a'r naill yn grac gyda'r llall.

'Gofynna i ti dy hun, felly,' chwyrnodd y gŵr mawr â'r llais bas, 'os nad yw'r sibrydion yn cyfeirio at y dref, beth felly yw arwyddocâd y *Drindod* yn y broffwydoliaeth?'

Syllodd y dyn arni'n wawdlyd, yn aros i'r darnau ddisgyn i'w lle, ond gwelodd ymhen ychydig y byddai'n rhaid iddo esbonio iddi.

'Trindod, Janet! Trindod!' Roedd Archgenhadwr y Cynulliad yn wyllt gacwn erbyn hyn. 'Mae'n golygu fod *tri* ohonyn nhw! *Tri*!' Edrychodd yr Archgenhadwr arni'n ddiamynedd, 'mae gan yr un sydd wedi etifeddu'r Llyfr ddau amddiffynnydd, dau arall o'r Tylwyth sy bron yr un mor bwerus â hi!'

Diflannodd y lliw o wyneb Miss Smith. '*Tri*?' Ymladdai am ei hanadl.

68

'Ie,' atebodd e'n ddifrifol gan gerdded yn ôl at y ffenest. 'A gyda'i gilydd, mae'r tri yn anorchfygol! Pum can mlynedd o waith, Janet. Mae'r Cenhadon wedi gweithio am bum can mlynedd i roi taw ar y Tylwyth unwaith ac am byth . . .'

Torrodd Miss Smith ar ei draws, 'Cyn iddyn nhw roi taw ar Gynulliad y Cenhadon . . .'

'Yn union,' cydsyniodd y gŵr mawr.

'Pa obaith sydd?' gofynnodd y brifathrawes yn bryderus.

'Dim ond un,' atebodd ef. 'Mae'n rhaid inni gael gafael ar y Llyfr … cyn iddi ddeall beth sydd ganddi.'

'Ie, ie, wrth gwrs.' Roedd ei llais hi'n llawn gobaith eto.

Edrychodd yr Archgenhadwr Henry arni'n ddwys, 'ac arnat ti mae'r baich yn cwympo, Janet.'

'Fi?!' Roedd hi wedi'i syfrdanu.

'Wrth gwrs. Dim ond ti sy'n ei nabod hi … a thrwyddi hi mae cyrraedd at y Llyfr. Mae hi yn dy ofal di bob dydd, fe ddylai fod yn dasg digon rhwydd i ti …' Roedd ei lais yn awdurdodol. Synhwyrodd Miss Smith mai gorchymyn ac nid cais oedd hwn. 'Fe gei di bopeth sydd ei angen arnat ti, Janet, dim ond i ti ofyn. A gyda lwc, fe ddoi di o hyd i'r ddau arall hefyd.'

'Y ddau arall?' Roedd y brifathrawes fel petai hi'n colli arni ei hunan.

'Y ddau arall … gweddill y *Drindod*!' cyfarthodd Henry.

'O, ie, wrth gwrs,' meddai'r brifathrawes yn llipa.

'A phan ddoi di o hyd iddyn nhw, fe fydd gennyt ti holl bwerau'r Cynulliad yn arf yn eu herbyn!'

'Ond beth wna i â nhw, Henry, ar ôl imi gael hyd iddyn

nhw a'r Llyfr?' Roedd dryswch yn llais Miss Smith.

Edrychodd Henry, Archgenhadwr y Cynulliad, arni gyda'i lygaid tywyll yn melltennu. Pwysodd ei ddwylo ar freichiau cadair y brifathrawes. Syllodd i fyw ei llygaid anghyfartal i'w hatgoffa hi o'i bŵer erchyll a phoerodd ei orchymyn yn araf. 'Dim ond un dewis sydd, Janet. Rhaid eu dinistrio nhw ... a gyrru'r broffwydoliaeth felltigedig i ebargofiant!'

Daeth gwên faleisus i wyneb Miss Smith wrth iddi ddychmygu sut groeso fyddai ar ei chyfer ym Mhencadlys Cynulliad y Cenhadon wedi iddi chwalu Trindod y Tylwyth.

Pennod 12
Y Dudalen Goll

 'Fedra i ddim gweld!' ebychodd Gwiddan wedi iddyn nhw gau'r drws. Roedd yr ystafell yn gwbl dywyll.

'Aros funud,' atebodd Rhodri'n ddiemosiwn cyn mynd ati i dwrio trwy'i bocedi.

Wrth iddi sefyll yn llonydd yn yr ystafell, synhwyrodd ei bod yn oerach yno nag yng ngweddill y llyfrgell ... er nad oedd chwa o awel o unrhyw fath.

'Mae'n oerach i mewn yn fan hyn,' meddai Gwiddan.

'Achos mai dyma un o'r ystafelloedd lle maen nhw'n cadw'r hen lyfrau ac ysgrifau. Mae gwres yn eu difetha. Rhaid bod 'da nhw rywbeth sy'n rheoli'r tymheredd,' atebodd Rhodri cyn ebychu 'A-ha!' fel petai e'n gonsuriwr oedd newydd dynnu cwningen o'i het.

Yna clywodd Gwiddan e'n llafarganu. Roedd rhan ohoni eisiau chwerthin – doedd hi erioed wedi clywed ei ffrind yn gwneud hyn o'r blaen – ond ceisiodd ganolbwyntio ar eiriau'r swyn:

Dymunwn weld yr hyn sy'n gudd,
Hwn yw dy bŵer, llygad y dydd.

Ar hynny, holltodd pelydrau o oleuni trwy'r tywyllwch, yn

union fel pe bai rhywun wedi agor ffenestr yn y to.

Edrychodd Gwiddan ar Rhodri. Rhwng ei fysedd roedd ganddo flodyn llygad y dydd a golau melyn ar ei wyneb. Atgoffai hyn hi o'r amser pan oedden nhw'n iau, pan fyddai Rhodri'n dal blodyn menyn o dan ei gên i weld a oedd hi'n hoffi menyn ai peidio.

'Reit 'te – am beth y'n ni'n chwilio?' holodd Rhodri, gan dynnu sylw Gwiddan yn ôl i'r presennol.

Trodd Gwiddan i edrych ar y cypyrddau gwydr o'i hamgylch. Y tu mewn iddynt roedd rhesi o lyfrau hynafol.

'Am un dudalen, dwi'n meddwl,' mwmialodd Gwiddan wrth gerdded o amgylch yr ystafell gyda'r Llyfr Ryseitiau yn ei dwylo.

'Un dudalen! Yng nghanol yr holl lyfrau yma?!' Edrychodd Rhodri arni'n syfrdan.

Anwybyddodd Gwiddan ef. 'Ers pryd wyt ti wedi bod yn bwrw swynion?' gofynnodd yn hamddenol.

'Yn swyddogol, ers tua dau funud yn ôl,' atebodd yntau gan wenu.

'Ac yn answyddogol?'

'Ar hyd fy oes, dwi'n meddwl.' Yn ei feddwl ef, roedd creu cymysgeddau o lysiau llawn cystal â bwrw swynion ac roedd e wedi bod yn gwneud hynny erioed. 'Ac ers pryd rwyt ti wedi bod yn ddewines sy'n berchen ar lyfr swynion hynafol a phwerus?' gofynnodd i Gwiddan, heb feddwl y byddai hi'n ymateb.

'Dim ond ers cwpwl o wythnosau,' atebodd hi'n ysgafn, a dechreuodd y ddau hen ffrind chwerthin.

Roedd clawr y Llyfr Ryseitiau yn dal i godi a gostwng. Roedd e bron fel petai'r llyfr yn anadlu. Sylwai Gwiddan fod anadlu'r llyfr yn cyflymu ac yn arafu gan ddibynnu ar ble roedd hi'n sefyll yn yr ystafell. Penderfynodd ddilyn trywydd a achosai i'r anadlu gyflymu, ac yn fuan iawn daeth i sefyll o flaen un o'r cypyrddau gwydr. 'Bingo!' Safodd Rhodri yn ei hymyl gan edrych ar glawr y llyfr yn codi ac yn gostwng yn gyflym.

Agoron nhw ddrws y cwpwrdd a dechrau tynnu un llyfr ar ôl y llall ohono, gan fodio trwy bob un llyfr i weld a oedd rhywbeth yn rhydd y tu mewn iddo. Wrth iddyn nhw wirio'r chweched llyfr, dechreuodd y golau yn yr ystafell bylu.

'Mae'r swyn yn torri,' ebychodd Rhodri. 'Doeddwn i ddim yn siŵr faint fyddai e'n para.'

Cododd Gwiddan y llyfr nesaf yn frysiog. Roedd rhywfaint o banig wedi dod drosti hi. Wrth iddi ysgwyd y llyfr, gwelodd gysgod yn disgyn i'r llawr o gornel ei llygaid. Trodd a gwylio wrth i'r dudalen ddisgyn ar y llawr marmor. Hyd yn oed yng ngolau gwan yr ystafell, sylwodd fod y dudalen â rhwyg danheddog ar hyd ei ymyl. Roedd hi mor gyfarwydd â'r rhwyg yn y Llyfr Ryseitiau fel ei bod hi'n adnabod siâp y dudalen wrth ei thraed ar unwaith.

Edrychodd y ddau ar ei gilydd cyn i Gwiddan blygu a chodi'r dudalen goll yn araf. Roedd y ddau ohonynt yn hollol fud. Roedd fel petai'r holl beth yn gêm hyd at y pwynt hwnnw, ond dyma oedd yr arwydd pendant cyntaf yr oedd y naill a'r llall wedi'i gael i gadarnhau fod tasg o'u blaenau, a honno'n dasg anhygoel. Sylweddolon nhw cyn lleied yr oedden nhw'n ei wybod am eu sefyllfa.

Ar hynny, methodd y swyn goleuni a safai'r ddau mewn tywyllwch dudew. Gosododd Gwiddan y dudalen goll yn ddiogel y tu mewn i glawr y Llyfr Ryseitiau, a theimlai'r llyfr yn ymdawelu yn ei dwylo. Aeth y ddau at y drws a'i agor yn ofalus; doedd neb yn y coridor. Brysiodd y ddau allan i'r goleuni a cherdded i fyny'r coridor yn ôl ar hyd y ffordd y daethant. Wrth iddynt gyrraedd at y prif goridor, daeth llais uchel o'r tu ôl iddynt.

'Hei! Chi'ch dau! Lle 'dych chi wedi bod?' Roedd dyn mewn siwt henffasiwn yn cerdded tuag atynt. Edrychai'n grac ofnadwy. 'Lle 'dych chi wedi bod? Does dim hawl gan neb i grwydro ar hyd y coridor acw!'

Trodd Gwiddan a Rhodri at ei gilydd, a gwelson nhw'r un gorchymyn yn llygaid ei gilydd. 'Rhed!' Roedden nhw'n synhwyro bod y dyn yn eu herlid, ond feiddien nhw ddim troi i edrych arno – yn un peth, byddai hynny'n golygu y gallai'r dyn eu hadnabod yn well pe bai angen. Er nad oedden nhw'n siŵr i ba gyfeiriad roedden nhw'n mynd, roedd un peth yn sicr – roedd yn rhaid iddyn nhw ddianc. Pe bai'r dyn yn eu dal, byddai'n mynnu chwilio trwy'u bagiau, ac yn siŵr o ddod o hyd i'r Llyfr Ryseitiau … a'r dudalen goll.

Wrth iddyn nhw droi cornel arall, clywon nhw sŵn plant yn ymgynnull a lleisiau oedolion yn cyfarth gorchmynion. Gwibion nhw i lawr y coridor, ac yn sydyn roedden nhw'n ôl yn y Prif Gyntedd, yng nghanol dau grŵp enfawr o blant ysgol oedd newydd gyrraedd i ymweld â'r llyfrgell.

'Ble mae'n grŵp ni?' ebychodd Rhodri, wrth i'r ddau sefyll yng nghanol y dorf a'u gwynt yn eu dyrnau. Roedd Gwiddan wrthi'n tynnu'i siwmper ac erfyniodd ar Rhodri i wneud yr un fath. 'Brysia! Rhag iddo nabod ein dillad ni!' Aeth hi ati hefyd i dynnu'i gwallt yn rhydd o'r bandyn lastig lliwgar oedd yn ei gadw oddi ar ei hwyneb, a dechrau symud oddi wrth Rhodri er mwyn ei gwneud hi'n anoddach eto i'r dyn adnabod y ddau.

Yn sydyn, sylwodd Gwiddan ar Miss Puw yn sefyll wrth ddrysau'r Prif Fynedfa. Roedd hi wrthi'n arwain y disgyblion allan er mwyn eu cyfrif. Symudodd Rhodri a hithau'n araf i gyfeiriad y drws. Erbyn hyn, roedd y dyn fu'n eu cwrso yn ymdroelli trwy'r dorf yn chwilio amdanynt.

'Welsoch chi ddau blentyn yn rhedeg heibio?' gofynnai i'r athrawon, ond edrychai'r athrawon yn hurt arno; gyda chymaint o blant o amgylch y lle, doedden nhw ddim yn siŵr at bwy roedd y dyn yn cyfeirio.

Llwyddodd Gwiddan a Rhodri i gyrraedd cefn y rhes disgyblion eiliadau'n unig cyn i Miss Puw alw eu henwau.

'Yma, Miss Puw,' atebodd y ddau, ond edrychai hi'n ddrwgdybus arnynt.

'Lle ydych chi wedi bod?' holodd, gan edrych ar y ddau yn anadlu'n drwm. 'Rydych chi allan o wynt!'

Roedd y ddau wedi'u cynhyrfu cymaint nes iddynt fethu â meddwl am esgus. Dechreuodd Miss Puw gerdded tuag atynt – roedd hi'n amau rhyw ddrwgweithredu ar eu rhan.

'Daethon nhw i'r tŷ bach gyda fi,' meddai Olwen, gan gamu atyn nhw ac esgus ei bod hithau hefyd allan o wynt.

'Wnaethoch chi'ch dau ddim gofyn am gael mynd, dofe?' holodd Miss Puw.

'Naddo,' atebodd Gwiddan yn druenus, 'ond doedd dim amser! Ro'dd arnaf cymaint o angen mynd, bu bron imi wlychu fy hun!'

Chwarddodd gweddill y disgyblion, ac edrychodd Miss Puw arni gyda diflastod.

'Hm, gormod o fanylion, Gwiddan,' meddai hi'n wawdlyd, yna trodd i gyfeiriad yr heol a'u harwain nhw tuag at y bws.

Edrychodd Gwiddan a Rhodri ar Olwen. Am unwaith, doedd hi ddim yn edrych yn hunanfodlon nac yn ffroenuchel. Doedd y ddau ffrind ddim yn siŵr sut i ddiolch iddi.

'Ydi e mor anodd dweud diolch 'te?' gofynnodd Olwen yn syn.

'Diolch,' meddai'r ddau gyda'i gilydd, ond erbyn hynny roedd Olwen wedi cerdded i ffwrdd i ymuno â gweddill y grŵp.

Pennod 13
Bedyddio'r Tri Dewisol

 Rhuthrodd Gwiddan i mewn i'r tŷ. Roedd ei thad wrthi'n paratoi te pen-blwydd syml iddi.

'Pen-blwydd hapus eto!' ebychodd. 'Joiest ti'r trip?'

'Do, diolch,' atebodd hi'n frysiog gan daro cusan ar ei foch. 'A diolch am y treinyrs, roedden nhw'n grêt i redeg ynddyn nhw!'

'Croeso, cariad. O'n i'n gobeithio y byddet ti'n eu hoffi nhw!'

Roedd Gwiddan ar bigau'r drain eisiau diflannu i'w llofft i edrych yn fanwl ar y dudalen goll am y tro cyntaf.

'Dad? Dwi'n mynd i gael cawod glou, iawn?'

'Iawn, ond paid â bod yn hir, mae gennym ni ymwelwyr yn dod draw i de.'

Synnodd Gwiddan at hyn. Byddai ei thad yn paratoi te pen-blwydd iddi bob blwyddyn, ond doedden nhw erioed wedi gwahodd neb draw o'r blaen. Dim ond nhw ill dau a Mam-gu oedd yno fel arfer …

'Pwy?' gofynnodd hi'n amheus.

'Gei di weld!' atebodd ei thad wrth blygu i roi llond hambwrdd pobi o selsig bychain yn y ffwrn.

Penderfynodd Gwiddan beidio â holi rhagor, a chychwynnodd i fyny'r grisiau. Yn ei hystafell wely, estynnodd am y Llyfr Ryseitiau o'i bag yn ofalus. Agorodd y clawr a thynnu'r dudalen goll allan gan syllu'n ddwys arni. 'Dinistrio Cynulliad y Cenhadon' oedd y teitl. Doedd hynny'n golygu dim iddi. O dan y teitl roedd pennill chwe llinell:

Hir yw pob aros,
Trwm yw eich cam,
Mawr yw ein dicter,
Y Tylwyth di-nam:
Dyma ddiwedd arnoch chi,
Diwedd ar y gelfyddyd ddu!

'Swyn i ddinistrio Cynulliad y Cenhadon?' mwmialodd Gwiddan iddi'i hun. Trodd y dudalen drosodd yn ei llaw, ond roedd y cefn yn wag. Oedd yna rywbeth ar goll o hyd, tybed? Doedd hi erioed wedi clywed am Gynulliad y Cenhadon, ac ni allai wneud unrhyw synnwyr o gynnwys y dudalen o'i blaen. Darllenodd y pennill eto, a cherddodd ias oer ar hyd ei hasgwrn cefn, ond ni allai ddeall pam.

'Wyt ti wedi gorffen yn y gawod eto?' galwodd ei thad o waelod y grisiau.

'Ar fy ffordd,' atebodd hi'n flin. Teimlai braidd yn ddig tuag at y Llyfr Ryseitiau. Roedd Rhodri a hithau wedi cymryd siawns enfawr y prynhawn hwnnw i adennill y ddalen goll, a'r unig beth oedd arni oedd swyn i ddinistrio rhyw sefydliad nad oedd hi erioed wedi clywed amdano.

Wrth iddi gael cawod, crwydrai ei dychymyg. Tybed oedd y Cenhadon yma'n bobl garedig … fel cenhadon y

Cristnogion slawer dydd: pobl fyddai'n teithio i wledydd pell i weithio gyda'r tlawd a'r anghenus. Efallai nad oedd disgwyl iddi ddefnyddio'r swyn … efallai mai cael y llyfr yn gyflawn eto oedd pwysigrwydd y dudalen goll? Ie. Dyna'r cyfan oedd, mae'n siŵr. Ac eto, doedd hynny ddim yn egluro pam fod rhywun yn y tylwyth wedi mynd i'r drafferth o rwygo'r dudalen o'r Llyfr a'i chuddio yn y Llyfrgell Genedlaethol.

Ar ôl ei chawod, gwisgodd ddillad glân a'i threinyrs newydd, ac wrth iddi gerdded yn sionc i lawr y grisiau canodd cloch y drws ffrynt. Safai Rhodri a'i fam yno. Syllodd y ddau ffrind ar ei gilydd. Yn amlwg, doedd Rhodri ddim yn gwybod unrhyw beth am y gwahoddiad i'w chartref hi heno neu fe fyddai wedi sôn am hynny yn ystod y dydd.

'Pen-blwydd hapus, Gwiddan!' ebychodd mam Rhodri.

'Ym … ie … Pen-blwydd hapus … eto,' mwmialodd ei ffrind yn swil. Roedd e'n edrych braidd yn anghyfforddus.

'Dewch i mewn,' meddai Gwiddan.

Aeth mam Rhodri i'r gegin at dad Gwiddan, a safodd Rhodri yn y cyntedd gyda Gwiddan. Roedd eu rhieni'n ffrindiau ers tro byd gan fod y ddau wedi eu geni a'u magu yn y pentref.

Roedd Gwiddan a Rhodri ill dau yn blant i rieni sengl. Bu farw mam Gwiddan yn fuan wedi i Gwiddan gael ei geni, a thad Rhodri fis cyn iddo ddechrau yn yr ysgol. Dim ond yn yr eiliad honno yn y cyntedd y trawodd hyn Gwiddan fel cyd-ddigwyddiad rhyfedd arall. A dweud y gwir, roedd y diwrnod yn troi allan i fod yn llawn cyd-ddigwyddiadau – yn enwedig o ystyried mai heddiw hefyd yr oedd hi wedi sylweddoli fod y gallu gan Rhodri i fwrw swynion. A nawr, dyma Rhodri a'i fam yn dod i'r tŷ i ddathlu ei phen-blwydd, fel pe bai hynny'n rhywbeth roedden nhw'n ei wneud yn rheolaidd.

'Be sy'n mynd 'mlaen?' holodd Gwiddan yn dawel.

'Sgen i ddim syniad!' sibrydodd Rhodri 'nôl. 'Fe ddes i adre o Aberystwyth prynhawn 'ma a dyma Mam yn dweud ein bod ni'n dod draw – doedd hi ddim wedi sôn gair am y peth cyn hynny …'

'Ti'n meddwl fod y dyn yn y llyfrgell wedi cael gwybod pwy oedden ni? Falle ei fod e wedi sylwi fod y dudalen wedi mynd. Falle ei fod e wedi ffonio i ddweud wrthyn nhw ein bod wedi cael ein gweld yn busnesu'r prynhawn 'ma?'

Ar hynny, daeth llais tad Gwiddan o'r gegin. 'Dewch i gael te chi'ch dau, mae popeth yn barod!'

Ar ôl edrych ar ei gilydd yn bryderus, aeth y ddau yn ufudd i'r gegin. Roedd eu rhieni'n eistedd wrth y bwrdd ac yn gwenu'n braf. Eisteddodd y ffrindiau i fwyta'n dawel, gan ofni'r ffrae oedd i ddod, ond y cyfan wnaeth eu rhieni oedd clebran am yr hen ddyddiau. Edrychai Rhodri a Gwiddan ar ei gilydd o bryd i'w gilydd, ond roedden nhw'n dawedog iawn.

Ar ôl bwyta, agorodd Gwiddan y gweddill o'i hanrhegion. Roedd mam Rhodri wedi prynu pesl a breuan iddi. Diolchodd yn gwrtais iddi er ei bod hi'n meddwl ei bod yn anrheg digon od i ferch tair ar ddeg oed. Roedd Rhodri wedi prynu copi o *Llysiau Llesol* iddi, a gallai Gwiddan ddim fod yn fwy diolchgar am yr anrheg honno wedi iddi weld yr hyn wnaeth e gyda'r llygad y dydd yn y llyfrgell.

Ar ôl clirio'r llestri, eisteddodd tad Gwiddan a mam Rhodri un bob pen i'r bwrdd mawr pren. Roedd golwg ddireidus ar wyneb y ddau.

'Barod, Rhiannon?' gofynnodd tad Gwiddan.

'Ydw, rwy'n barod, Dewi!' atebodd hithau'n sionc.

Beth ar wyneb daear oedd yn mynd ymlaen? Erbyn hyn, roedd Gwiddan a Rhodri wedi drysu'n llwyr. Roedd y ddau'n tybio bod eu rhieni un ai wedi mynd yn gwbl wallgof neu ar fin codi cywilydd ar eu plant. Amser dianc, meddyliodd Gwiddan, ond cyn iddi allu symud cododd y ddau riant eu breichiau i'r awyr a dechrau siarad gyda'i gilydd. Sylweddolodd Gwiddan a Rhodri yn gyflym iawn eu bod nhw'n bwrw swyn:

Clywch! Ein ceraint tan y lli,
Dyma awr ein gobaith ni,
Ffrwyth ein llafur rhown i chi,
Heddiw'n barod y mae'r tri!

Syllodd Rhodri a Gwiddan ar ei gilydd ar draws y bwrdd. Teimlai'r ddau fod eu rhieni'n ddieithr iddynt. Doedd yr un o'r ddau wedi gweld eu tad na'u mam yn ymddwyn fel hyn o'r blaen. Ai dyma'r bobl oedd wedi eu magu?!

Wrth iddynt syllu ar ei gilydd a'u meddyliau'n ddryslyd, daethant yn ymwybodol o gryndod ysgafn o dan eu traed. Roedd y ddaear yn crynu. Yn raddol, cododd chwa o wynt i droelli trwy'r gegin a dechreuodd y celfi a'r llestri a phob dim arall ddirgrynu. Dyna pryd y daeth Gwiddan yn ymwybodol o'r lleisiau. O fewn eiliadau, roedd cannoedd o leisiau yn sibrwd yn eiddgar ac yn adleisio trwy'r stafell.

'Hawddamor, Gwiddan Wrach … Hawddamor, Rhodri Feddyg … Croeso … Croeso …'

Ailadroddai'r lleisiau eu cyfarchion, drosodd a throsodd, eto ac eto. Sylweddolodd Gwiddan yn sydyn nad oedd hi'n teimlo'n ofnus. Doedd dim byd yn y lleisiau i'w dychryn hi – roedden nhw'n swnio'n gyfarwydd rhywsut, yn gysurus bron. Teimlai fel pe bai'r gwynt a'r lleisiau'n ei chofleidio, a chaeodd Gwiddan ei llygaid gan ymlacio i fwynhau'r profiad rhyfedd. Yn sydyn, daeth Gwiddan yn ymwybodol ei bod hi'n codi i'r awyr, fel pe bai breichiau hudol yn ei chodi o'i chadair. Agorodd ei llygaid. Gyferbyn â hi roedd Rhodri mewn breuddwyd llesmeiriol a gwyliodd Gwiddan wrth iddo yntau hefyd godi a hofran yno uwchben y llawr. Edrychodd Gwiddan i lawr ar ei thraed ei hun i wneud yn siŵr – oedd, roedd hithau hefyd yn hofran; nid breuddwyd oedd y breichiau hudol oedd yn ei chodi, felly. Allai hi mo'u gweld nhw, ond fe allai eu teimlo. Yn sydyn, tawelodd pob dim, diflannodd y lleisiau a gostegodd y gwynt, ond roedd y ddau ffrind yn dal i hofran yn yr awyr.

Doedd dim ofn arnyn nhw. Gwyddai Gwiddan fod beth bynnag oedd yn ei chynnal hi yn yr awyr yn ei diogelu hi, yn ei chefnogi hi a'i charu, yn cynnig eu cryfder iddi hi. Roedd popeth yn glir nawr. Gwyddai'r ddau ffrind fod yr hyn a ddywedodd Rhiain y Llyn a Magwen yn wir: roedden nhw'n blant o linach arbennig, roedd hud a lledrith yn eu gwaed, a'r dwylo hyn oedd yn eu cynnal nhw nawr oedd dwylo'r Tylwyth hynafol.

Gwyliodd y rhieni wrth i'w plant gael eu derbyn i'r Tylwyth, a daeth dagrau i'w llygaid wrth iddyn nhw gofio diwrnod tebyg pan gawson nhw eu bedydd rhyfedd. Teimlai'r ddau riant ofid a phryder arbennig wrth fagu plant mor anghyffredin, ond yn yr eiliad hon cawsant eu hatgoffa nad oedden nhw ar eu pennau eu hunain. Roedd y tylwyth anweledig o'u hamgylch ym mhobman, yn amddiffynfa iddyn nhw.

Dechreuodd gwawl o aur ddisgleirio o amgylch y plant. Yn raddol, ymlaciodd gafael y breichiau anweledig, a suddodd y ddau yn ôl i'w seddi. Chwyrlïodd y gwynt eto wrth i ysbrydion y Tylwyth ddechrau ymadael, ac wrth wasgaru sibrydai'r lleisiau ar yr awel unwaith eto.

'Henffych ddiwrnod, daeth y Drindod! Henffych y Tri Dewisol! Daw diwedd ar y Cenhadon!'

*   *   *

Yn fuan wedi'r bedydd rhyfedd yng nghartref Gwiddan, eisteddai merch dair ar ddeg oed ar soffa foethus mewn tŷ crand ym mhen arall y pentref. Disgwyliai i'w llysfam ddychwelyd o'i dosbarth nos. Eisteddai'n llonydd fel delw, a'i chroen yn wyn fel y galchen. Roedd hi'n amlwg wedi cael braw.

Yn gynharach y noson honno, wrth iddi wylio'r teledu'n

dawel, roedd y tŷ wedi dechrau dirgrynu a'r celfi wedi dawnsio yn yr unfan. Dechreuodd feddwl mai rhyw fath o ddaeargryn oedd yn digwydd, ond yna sylwodd fod gwth o wynt a sibrydion ysgafn yn ei hamgylchynu, yn troelli trwy'r ystafell fyw ac yn ei chodi'n glir o'i chadair. Teimlodd freichiau anweledig yn ei chofleidio, yn suo'r dychryn a'r cynnwrf allan o'i chorff, yna clywodd leisiau'n sôn am *Drindod* a *Chynulliad* a *Thri Dewisol*, cyn i'r cwbl ddod i ben a'i gadael yno'n fud.

Ceisiai'r ferch wneud synnwyr o'r hyn a ddigwyddodd. Ai dychmygu'r cyfan wnaeth hi? Cofiodd yn sydyn fod un ymhlith y lleisiau wedi tarfu arni. Un llais oedd wedi hollti trwy'r cynnwrf a saethu i'w chalon.

'Hawddamor, Olwen Swynwraig! Fy Olwen annwyl i,' meddai'r llais unigryw. Roedd y llais yn gyfarwydd iddi; dyma'r llais fyddai'n torri trwy ei breuddwydion a'i deffro weithiau, ond nid oedd hi wedi adnabod y llais tan heddiw. O'r diwedd, gwyddai'r ferch mai llais ei mam oedd e – y fam na chafodd hi'r cyfle i'w hadnabod, y fam a fu farw cyn bod Olwen yn ddigon hen i'w chofio.

Pennod 14
Y Gwir

Roedd Miss Smith yn teimlo'n wyllt gacwn. Wrth iddi fwyta'i swper y noson flaenorol, daeth ofn enbyd drosti. Fferrodd ei gwaed wrth iddi synhwyro arswyd mawr.

Yn ystod blynyddoedd ei hyfforddiant ym Mhencadlys Cynulliad y Cenhadon, roedd hi wedi cael darlithoedd cyson ynglŷn â'r ffenomen *Iâ yn y Gwaed*. Er nad oedd yr un Cenhadwr wedi'i brofi am ganrifoedd, roedd y symptomau wedi eu hamlinellu mewn nifer o gyfeirlyfrau – llyfrau oedd yn sôn am y frwydr hynafol rhwng y Cynulliad a'r Tylwyth. Roedd hi wedi dysgu dyfyniad o un o'r cyfeirlyfrau hynny er mwyn ei ddefnyddio mewn arholiad:

… ar achlysur lle mae adfywiad yng ngwaith y Tylwyth, trewir pob Cenhadwr byw gan arswyd dychrynllyd. Bydd cylchrediad y gwaed yn arafu, gan achosi trallod meddyliol. Yn ogystal, mae tymheredd y gwaed yn gostwng yn sylweddol gan achosi i Genhadon grynu'n ffyrnig: o hyn y cawsom y term *Iâ yn y Gwaed*.

Roedd Miss Smith wedi profi'r ffenomen hynafol am y tro cyntaf neithiwr, ac yn ôl y galwadau ffôn roedd hi wedi'u derbyn o'r Pencadlys y bore 'ma, nid hi oedd yr unig un i'w deimlo. Gwyddai y gallai hynny olygu dim ond un peth – roedd y Tri Dewisol wedi cael eu bedyddio: roedd y Tylwyth ar waith.

* * *

Pan ddeffrôdd Gwiddan y bore canlynol, teimlai'n llawn egni a chyffro. Gwisgodd yn frysiog a rhuthro i lawr i'r gegin. Fel bob bore, roedd ei thad wrthi'n paratoi brecwast, ond yn wahanol i'r arfer gorweddai perlysiau a llestri a photeli amrywiol o amgylch y gegin heddiw. Roedd ei thad wrthi'n bragu swynion. Am y tro cyntaf, ystyriodd Gwiddan tybed a oedd e'n gwneud hyn yn aml, ac yna'n clirio pob arwydd cyn i'w ferch godi neu cyn iddi ddod adre o'r ysgol. Doedd dim ots am hynny bellach – o hyn ymlaen fe fyddai hi'n gallu rhannu'r diddordeb yma gyda'i thad.

'Wyt ti'n mynd i 'nysgu i sut mae gwneud swynion, Dad?' Roedd ei llais yn llawn cyffro.

'Sdim angen i mi dy ddysgu di, Gwiddan! Mi rwyt ti'n gwybod yn iawn sut mae gwneud … er falle nad wyt ti'n sylweddoli hynny eto!'

Edrychodd hi arno'n ddryslyd.

'Cur pen,' saethodd ei thad y geiriau ati'n ddisymwth.

'Rhosmari,' atebodd hi'n rhwydd.

'Y clefyd melyn,' taflodd ei thad her arall ati.

'Dant y llew,' atebodd hi'n syth. 'Ond dwi ddim hyd yn oed yn gwybod beth yw'r clefyd melyn!' ebychodd.

'Dwyt ti ddim yn gwybod am nad wyt ti wedi gweld neb yn

dioddef ohono,' atebodd ei thad. 'Ond mae greddf y Llyfr Ryseitiau'n gryf ynot ti, ac mae galluoedd dy fam a dy fam-gu gen ti.'

Roedd pen Gwiddan yn dechrau troi. 'Dwi'n teimlo mor ddryslyd. Mae cymaint o bethau wedi digwydd ar unwaith, a does dim byd yn gwneud synnwyr ...' meddai.

Edrychodd ei thad yn bryderus arni. 'Dere, Gwiddan fach, dere i eistedd. Fe geisia i egluro i ti ... ond sdim angen i ti boeni am wybod popeth. Dwyt ti ond yn dair ar ddeg oed, does dim disgwyl i ti wybod y cwbl, ac mae gennyt ti weddill dy oes i ddysgu'r manion. Ond fe ddyweda i wrthyt ti be wyt ti angen ei wybod ar hyn o bryd ...'

Synhwyrodd Gwiddan fod tinc o dristwch yn llais ei thad, neu ai pryder oedd e efallai? Beth bynnag oedd e, roedd e'n ddigon i wneud iddi deimlo'n annifyr er na ddywedodd hi'r un gair. Yn ofalus a phwyllog, dechreuodd ei thad ar ei stori.

'Ganrifoedd yn ôl, pan oedd y byd yn lle llawer mwy diniwed nag y mae e nawr, roedd pob math o hud a lledrith i'w gael yng Nghymru. Mae holl straeon Tylwyth Teg a chwedlau Cymru yn tystio i hynny ...'

'Ond straeon ac ofergoelion yw'r rheiny!' meddai Gwiddan ar ei hunion, heb sylweddoli ei bod hi'n ailadrodd yr hyn oedd yn cael ei ddysgu'n gyson iddi hi a'i chyfoedion yn yr ysgol.

'Nage, Gwiddan! Hanes sydd i'w gael yn y straeon, nid ofergoeliaeth! Rhaid i ti ailystyried popeth wyt ti wedi'i glywed. Hanesion dy deulu di ydyn nhw ... ein teulu ni, ac mae'n stori ni yn dechrau dros fileniwm yn ôl, pan ddaeth grŵp o … wel … o wrachod milain i Gymru. Does neb yn siŵr o ble daethon nhw, na chwaith pam y daethon nhw, ond fe ddaethon nhw dros y môr mewn llong heb rwyfau. Bryd hynny, byddai pobl yn gyrru gwrachod o'u gwledydd ar longau heb rwyfau, gan gredu y bydden nhw un ai'n boddi neu'n byw ar y môr am byth. Mae'n rhaid bod y rhain wedi'u herlid o wlad arall. Roedden nhw'n grac ac yn llawn dicter, ond roedden nhw hefyd yn gyfrwys iawn. Sylweddolon nhw'n gyflym iawn fod bodau hudol yng Nghymru'n barod, bodau hoffus a charedig …'

'Y tylwyth teg?' ychwanegodd Gwiddan.

'Ie … ond doedd y gwrachod ddim yn bwriadu rhannu'r wlad gyda'r tylwyth. Fe wnaethon nhw bopeth posib i ddinistrio'r berthynas rhwng y Cymry a'r creaduriaid hudol yma. Fe ddechreuon nhw herwgipio dynion, dwyn babanod, melltithio anifeiliaid a chnydau gan roi'r bai ar y tylwyth teg. Bu'n rhaid i'r Tylwyth gilio a chuddio, ond doedd hynny ddim yn ddigon i'r gwrachod. Roedden nhw'n gwybod bod rhai o'r Tylwyth wedi magu plant gyda dynion – rhai fel Rhiain y Llyn er enghraifft, yma yn Llyn y Fan. Penderfynodd y gwrachod chwilio am blant y tylwyth er mwyn …' Stopiodd ei thad a phlygu'i ben.

Roedd Gwiddan yn awyddus i glywed mwy. 'Dad?' meddai'n ysgafn, gan geisio'i annog i fwrw mlaen â'i stori.

'… er mwyn eu lladd,' ychwanegodd ei thad. 'Roedd rhaid i'r Tylwyth ddefnyddio'u hud i gyd i guddio'u plant, a phlant eu plant. Ac am gannoedd o flynyddoedd dyna a wnaethon nhw. Ond roedd gobaith o hyd … roedd Rhiain y

Llyn wedi proffwydo y byddai tri o'i disgynyddion yn dod i herio'r gwrachod a'u dinistrio. *Y Drindod* y galwodd hi'r tri: Un Pengoch, Un Penfelen ac Un Penddu.'

Daeth tawelwch byddarol i orffwys o'u hamgylch. Edrychodd Gwiddan i fyw llygaid ei thad. Roedd y darnau'n dechrau disgyn i'w lle. Estynnodd ei thad ei law a chyffwrdd yn ysgafn yng ngwallt ei ferch.

'Ti, Gwiddan, yw'r Un Bengoch a Rhodri yw'r Un Penddu. A nawr, rhaid dod o hyd i'r Un Benfelen cyn bydd *y Drindod* yn gyflawn ... a dyna fydd yr arwydd fod y frwydr olaf rhwng y gwrachod a'r Tylwyth ar fin cyrraedd.'

Oedodd ei thad gan roi cyfle i Gwiddan holi, 'Pam nawr? Pam fi a Rhodri?'

'Mae angen tri i'w trechu, ac mae'n rhaid i'r tri ohonynt fod yn blant i blant y Rhiain. Mae cymaint o'i disgynyddion hi wedi priodi dynion cyffredin fel bod y gwaed yn wan. Mae'r llinach yn wan. Mae'r hud yn rhy wan. Dim ond y rhai sy'n tarddu'n uniongyrchol o deulu'r Rhiain all ymgymryd â'r dasg.'

Roedd miloedd o gwestiynau'n chwyrlïo trwy feddwl ei ferch, ond penderfynodd ofyn yr un y dymunai gael gwybod yr ateb iddo fwyaf.

'Felly pwy, neu beth, yw Cynulliad y Cenhadon?' gofynnodd hi'n sigledig.

Edrychodd ei thad arni mewn syndod; roedd hi'n gwybod mwy nag yr oedd e wedi tybio ... sylweddolodd ar unwaith ei bod hi wedi dod o hyd i'r dudalen goll.

'Disgynyddion y gwrachod estron ydyn nhw,' atebodd ei thad yn glir.

'A beth yw eu nod nhw erbyn hyn?' gofynnodd hi, a'i llais yn dal i grynu.

'Yr un nod ag erioed, Gwiddan,' atebodd ei thad yn ofalus. 'Gyrru chwedlau'r wlad i ebargofiant, chwalu'r brof-fwydoliaeth sy'n bygwth eu bodolaeth hwy, a dinistrio'r Tri Dewisol . . .' Sylwodd Gwiddan fod dagrau yn llygaid ei thad wrth iddo ychwanegu'n araf a phwrpasol, 'Ein dinistrio ni i gyd, Gwiddan. Dinistrio'r Tylwyth. Ac arnat ti, fy merch, y mae'r baich ofnadwy o'u rhwystro yn cwympo.'

Cydiodd Gwiddan yn llaw ei thad. 'Paid â llefain, Dad. Dwi wedi cael tipyn bach o sioc, dyna i gyd. Mi fydda i'n iawn …'

'Fyddi di ddim yn iawn, Gwiddan, dim os nad wyt ti'n llwyddo i ddod o hyd i'r Un Benfelen. Hebddi hi, does dim gobaith …'

'Dad?' Roedd ganddi un cwestiwn arall. Cwestiwn yr oedd hi wedi bod eisiau gofyn i'w thad ers blynyddoedd.

'Beth?' Roedd ei galon fel petai ar fin torri.

'Rwy angen gwybod beth ddigwyddodd i Mam.' Doedd neb erioed wedi esbonio iddi'n union sut y bu ei mam farw.

Edrychodd ei thad arni'n ymbilgar. Doedd e ddim eisiau dweud wrthi. Yn fwy na dim, doedd e ddim eisiau meddwl am y peth.

'Plîs, Dad …' Roedd golwg ddiffuant yn ei llygaid. Teimlai Gwiddan fod ganddi hawl i wybod.

'Y gwrachod … Cynulliad y Cenhadon … rhoddon nhw felltith arnon ni i dalu'r pwyth yn ôl i Riain y Llyn. Roedd y felltith yn un hallt. Golygai y byddai unrhyw un fyddai'n fygythiad i'r Cenhadon yn colli rhiant yn eu plentyndod. Eu gobaith oedd na fyddai'r plant byth yn dysgu am eu tynged. Gan mai merch wyt ti, fe gollaist ti dy fam. Collodd Rhodri ei dad am mai crwt yw e. Gelli fentro fod y trydydd plentyn wedi colli mam neu dad hefyd.'

'Ond os yw melltith y gwrachod wedi llwyddo, mae'n bosib nad yw'r Un Benfelen yn ymwybodol o hyn o gwbl, felly!' ebychodd Gwiddan, gan sylweddoli difrifoldeb y sefyllfa.

Rhoddodd ei thad ei ben yn ei ddwylo. 'Mae'n rhaid dod o hyd i'r trydydd, yr Un Benfelen, a hynny'n glou.' Cododd ei ben, yn urddasol y tro hwn. 'Dydy'r Cynulliad ddim yn ymwybodol o hyn, ond mae Rhiain y Llyn wedi gwneud un peth arall i'ch helpu. Rhoddodd bŵer y rhieni marw yn ôl i'w plant gan ddyblu pwerau pob un ohonoch ymhellach. Dyna'r unig gysur … fu marwolaeth dy fam ddim yn ofer, felly …'

*   *   *

Eisteddai'r brifathrawes wrth y ddesg yn ei swyddfa. Roedd hi'n fore Sadwrn, a hithau yn yr ysgol! Er bod yn gas ganddi'r lle, teimlai mai'r ysgol oedd yn cynnig y cyfle gorau iddi synhwyro mân symudiadau'r Tylwyth. Gwyddai'r brifathrawes erchyll mai o blith disgyblion yr ysgol honno y byddai'r Tri Dewisol yn codi. Roedd hi wedi treulio'r bore yn edrych trwy ffeiliau'r ysgol ar fanylion personol pob un o'r naw cant a phedwar o ddisgyblion. Chwiliodd am enwau cyswllt rhieni, yn arbennig y cofnodion hynny a ddangosai dim ond un enw cyswllt. Ni fu ei hymdrechion yn ofer. Erbyn hyn roedd enw arall yn atseinio yn ei meddwl dieflig … Rhodri Ifans!

Pennod 15
Olwen

Eisteddai Gwiddan ar y soffa, â'r teledu'n mwmian yn isel yn y cefndir. Roedd hi'n ceisio trwsio'r Llyfr Ryseitiau gyda thâp gludiog. Gobeithiai ddiogelu'r dudalen goll trwy ei glynu'n ôl wrth y rhwyg.

'Be yn y byd wyt ti'n neud?' gofynnodd ei thad dan chwerthin.

'Trio rhoi'r dudalen goll yn ôl yn ei lle,' atebodd Gwiddan yn ddiamynedd.

'Gwiddan fach, pryd nei di sylweddoli fod gen ti'r gallu i gywiro drygioni'r gorffennol gyda doniau ychydig yn wahanol i dâp gludiog?!'

'Ond dwi ddim yn gwybod sut mae gwneud. Sut wyt ti'n disgwyl i mi gofio holl swynion y byd?' Roedd hi'n amlwg yn teimlo'n rhwystredig.

'Unig bwrpas swyn yw i ganolbwyntio ar dy ddymuniad di. Dydy'r geiriau ddim mor bwysig â'r bwriad.' Crafodd ei thad ei ben cyn gwenu arni'n slei. 'Nawr gwranda, a gwylia, a chofia nad oes gen i chwarter dy bŵer di:

Rhowch daw ar sŵn y bocs o 'mlaen,
Does dim lle i'w lun a'i sain!

Ar hynny, diffoddodd y teledu ar unwaith.

'Waw!' ebychodd Gwiddan. 'Sut wnest ti a Mam-gu gadw hyn i gyd oddi wrtha i am amser mor hir?'

Gwenodd ei thad arni. 'Dwyt ti ddim yn groten mor sylwgar â hynny, Gwiddan, felly doedd hi ddim yn anodd! Roedd dy fam-gu'n dweud yn aml y byddet ti'n anwybyddu draig binc mewn nicyrs melyn oni bai ei bod hi'n chwythu tân ar dy ben-ôl di!'

Chwarddodd y ddau'n iach, wrth gofio ffordd ddifyr ei mam-gu o raffu dywediadau.

'Reit!' meddai Gwiddan yn benderfynol. 'Ym … ym … rhowch yn gyfan hyn sy'n ddau, Heb dâp gludiog, gwnewch yn glou!'

Ymhen chwinciad, daeth fflach sydyn o oleuni ac roedd y dudalen goll a'r rhwyg yn y Llyfr Ryseitiau yn un eto, a phob arwydd o fandaliaeth wedi diflannu.

Edrychodd Gwiddan ar ei thad. Roedd ei llygaid yn llawn syndod.

'Dyna ti!'

'Ond pam fod rhaid i'r pennill odli, Dad?' Doedd odli ddim yn gryfder ganddi … roedd hi'n pryderu cryn dipyn ynglŷn â hyn.

'Mae'n helpu'r swyn i weithio. Ac mae'n ffordd i wahaniaethu rhwng siarad cyffredin a bwrw swyn: fe all unrhyw un ddweud *Cer i grafu* … ond dydyn nhw ddim wir yn golygu hynny! Heb yr odl, byddai swynion yn gwireddu dymuniad lleiaf pob dewin, dewines, swynwraig, meddyg, gwrach, gwiddon, gwiddan ac alcemydd!'

Edrychodd Gwiddan ar ei thad. Roedd rhywbeth wedi dal

ei sylw yn ei frawddeg olaf.

'Be wyt ti'n ei feddwl wrth bob *gwiddan,* Dad? Oes mwy fel fi … heblaw am y drindod?'

'Wn i ddim am hynny … ond ystyr *Gwiddan* yw *dewines.* Roeddet ti'n gwybod hynny, siŵr iawn?!'

'Nac oeddwn!' Tawelodd Gwiddan, gan adael i'r wybodaeth newydd yma droi trwy'i meddwl. Doedd hi ddim yn grac, nac yn drist, nac yn siomedig. Roedd hi'n falch – yn falch tu hwnt.

'Dad, ga i ffonio Rhodri?'

'Cei, siŵr!' atebodd, ond wrth iddi roi'r Llyfr o'r neilltu a chodi oddi ar y soffa, canodd y ffôn. Syllodd Gwiddan yn amheus ar y teclyn cyfarwydd cyn codi'r derbynnydd. Cyfarchwyd hi gan lais ei chyfaill, Rhodri.

'Gwiddan?'

'Heia, Rhodri, roeddwn i'n mynd i dy ffonio di nawr!'

'Gwranda, dwi'n mynd am dro … mae eisiau amser i feddwl arna i. Wyt ti moyn dod?' Roedd ei wahoddiad yn ymylu ar fod yn ffurfiol.

'Ydw, grêt, mae gen i gymaint i'w ddweud wrthyt ti! Fe ddo i draw cyn gynted â phosib!'

'Grêt. Fe awn ni am dro i Lyn y Fan. Gwisga sgidiau synhwyrol!' gorchmynnodd Rhodri.

Rasiodd Gwiddan draw i dŷ Rhodri a chnocio ar y drws. Clywodd Meg yn cyfarth, gan adael i bawb wybod bod rhywun am ddod i mewn i'r tŷ.

Daeth llais mam Rhodri o rywle'r ochr draw i'r drws. 'Dere mewn, Gwiddan!' Camodd Gwiddan i mewn, a daeth

Meg i'w chyfarch hi'n gyntaf, gyda Rhodri'n dynn wrth ei sodlau. 'Dere, Meg,' gorchmynnodd ef, a chychwynnodd y tri o'r tŷ.

Doedden nhw ddim yn hir cyn cyrraedd at ymyl y llyn. Cododd Rhodri ei fraich a phwyntio.

'Dyna lle gwelais i hi, draw ar y garreg 'na,' pwyntiodd at faen mawr llwyd. 'Roedd Rhiain y Llyn yn eistedd yno, yn aros amdana i.'

Trafododd y ddau eu profiadau diweddar, a rhyngddynt fe lwyddon nhw i greu darlun eithaf clir a manwl o Riain y Llyn yn eu meddyliau.

'Wel, un peth sy'n bendant,' meddai Gwiddan yn awdurdodol, 'mae'n rhaid inni ddod o hyd i'r Un Benfelen. Mae'n edrych fel petai'n rhaid dod â'r Drindod at ei gilydd cyn y gallwn drechu'r Cynulliad.'

Treulion nhw weddill y prynhawn yn trafod sut y gallen nhw ddod o hyd i'r Un arall. Yn gyfrinachol, roedd y ddau wedi gobeithio y bydden nhw'n derbyn ysbrydoliaeth neu arweiniad gan Riain y Llyn, ond doedd dim golwg ohoni y prynhawn hwnnw.

Erbyn i fantell y nos ddechrau taenu'i hun dros yr ardal, roedd y ddau bron â llwgu, ac fe aethon nhw am adref, gan gytuno y bydden nhw'n meddwl am ffordd i gysylltu â'r Un arall … hyd yn oed trwy ddefnyddio swyn, pe bai'n rhaid.

* * *

Ar ôl y digwyddiad rhyfedd yn yr ystafell fyw, roedd Olwen

ar goll. Roedd hi wedi teimlo'n ofnus, yn grac, yn hapus ac yn drist. Roedd ei hemosiynau ar chwâl.

Ddeuddydd yn ddiweddarach ar fore Sul roedd ei llysfam, fel arfer, wedi rhoi lifft iddi a'i gadael y tu allan i'r eglwys yn Llanddeusant.

'Fe ddo i i dy nôl di ymhen awr a hanner, iawn?' galwodd ei llysfam arni cyn gyrru i ffwrdd yn ei char crand.

Am unwaith, doedd gan Olwen ddim gwrthwynebiad i fynd i'r eglwys. Fel arfer, teimlai'n ddig bod ei llysfam yn defnyddio'r eglwys fel rhywle arall i gael gwared arni er mwyn iddi hithau gael mynd i chwarae tennis. Ond heddiw, roedd cael mynd i rywle cyfarwydd a chyfeillgar yn gysur i Olwen.

Aeth hi ddim i mewn ar ei hunion; roedd hi braidd yn gynnar. Roedd ei llysfam o hyd yn mynd â hi i'r eglwys yn gynnar ac yn dod i'w nôl hi'n hwyr ... neu o leia, roedd hi'n gwneud hynny pan oedd Dad i ffwrdd ar fusnes. Dyheai Olwen weithiau am gyfle i ofyn i'w thad am hanes ei mam go iawn, ond roedd y pwnc yn peri cymaint o loes iddo fel ei bod hi'n teimlo na allai fentro ei holi. Gwyddai mai'r ing yma oedd wrth wraidd obsesiwn ei thad â'i waith. Tra oedd yn gweithio, doedd dim amser ganddo i feddwl gormod am ei wraig gyntaf. Yn wir, teimlai Olwen mai'r unig reswm briododd e eto oedd er mwyn cael rhywun wrth law i fagu ei ferch tra treuliai ef ei amser yn galaru'n dawel.

Wrth i Olwen sefyll y tu allan i'r eglwys yn hel meddyliau, agorwyd drws un o'r tai yn y rhes gyferbyn â'r eglwys. Daeth gwraig grwca, hynafol ei golwg, i sefyll ar y trothwy. Edrychodd yr hen wraig arni gan wenu, cyn codi'i llaw ac amneidio arni i ddod draw.

Roedd yr hen wraig yn ymddangos yn ddigon diniwed, ond doedd Olwen ddim fel arfer yn ufuddhau i ddieithriaid. Parhaodd Olwen i edrych ar yr hen wraig. Roedd rhywbeth cyfarwydd iawn amdani.

'Olwen? Ti sy 'na?' Roedd clywed ei henw'n sioc iddi. Dechreuodd gerdded yn araf ar draws yr heol tuag at yr hen wraig.

'Dwi'n iawn, tydw? Olwen wyt ti?' Roedd yr hen wraig yn ymddangos yn gyffrous, fel pe bai wrth ei bodd yn ei gweld.

'Ie, fi yw Olwen,' atebodd y ferch yn ansicr.

'Roeddwn i'n meddwl!' ebychodd yr hen wraig. 'Dwi wedi dy weld yn dod i'r eglwys sawl gwaith o'r blaen, a phob tro roeddwn yn fwy siŵr mai ti oedd hi!'

'Ond sut …?' Roedd Olwen dal yn amheus.

'Wel, rwyt ti'r un ffunud â dy fam!' atebodd yr hen wraig.

'Roeddech *chi'n* nabod Mam?'

Roedd y ferch ar fin crio, nid am ei bod hi'n credu'r hen wraig yn gyfan gwbl, ond am ei bod hi eisiau ei chredu gyda'i holl galon.

'Oeddwn, siŵr iawn! Roedd Gwen yn nith i mi.' Oedodd y wraig er mwyn gadael i'r wybodaeth dreiddio i feddwl y ferch ifanc. 'Roedd Anwen, dy fam-gu, yn chwaer imi!'

Camodd yr hen wraig ymlaen a rhoi cwtsh iddi. Dechreuodd Olwen lefain. Roedd clywed yr enwau na chafodd hi eu hyngan yng nghwmni ei thad a'i llysfam yn ormod iddi. Ac roedd bod ym mreichiau'r hen wraig, ei hen fodryb – yn teimlo fel bendith.

'Dere di,' cysurodd yr hen wraig hi. 'Dere i'r tŷ am ddysglaid gyda dy hen Anti Magwen. Fe all yr eglwys weld dy eisiau di am unwaith, dwi'n meddwl!'

Pennod 16
Y Drindod

 Daeth Olwen allan o'r tŷ ar ôl i gynulleidfa'r eglwys ymadael. Am unwaith, roedd hi'n falch y byddai ei llysfam yn hwyr i'w chasglu.

Cyn iddi adael, roedd Magwen wedi gwthio dwy botel o hylif gwyrdd i'w dwylo.

'Dwi ddim yn siŵr os ydw i wedi deall popeth,' meddai Olwen wrth iddi sefyll ar ris y drws, 'ond fe wna i fy ngorau!'

'Fe fyddi di'n iawn, groten. Ond cadwa'r boteli yna wrth law bob amser, cofia! Fe fydd eu hangen nhw arnoch chi.' Roedd Magwen o ddifrif.

'Fe wna i,' atebodd y ferch yn bendant, cyn taro cusan sydyn ar foch ei hen fodryb a cherdded ar draws yr heol i aros am ei llysfam.

Gwyddai fod Magwen yn ei gwylio o'r tu ôl i lenni'r tŷ. Am y tro cyntaf yn ei bywyd byr, teimlai Olwen fod rhywun yn gofalu amdani … yn ei charu. A theimlai'n hynod o bwerus o'r herwydd.

Cyrhaeddodd ei llysfam o'r diwedd, ac wrth i'r car rasio i ffwrdd credai Olwen iddi weld fflach o oleuni yn dod o gyfeiriad y ffenestr lle bu'r hen wraig yn ei gwylio.

Teimlai'n gyfan, yn gryf ac yn hyderus. Roedd llawer o ddagrau, a chwestiynau ac atebion, wedi llifo'r bore hwnnw.

Ac er bod peth o'r hyn a ddywedwyd yn swnio braidd yn wallgo, roedd gwallgofrwydd yn well ffrind nag unigrwydd, ym meddwl Olwen. Am y tro cyntaf, teimlai hi'n arbennig – yn bwerus. Hi oedd yr Un Benfelen, ac roedd ganddi waith i'w wneud.

* * *

Eisteddai Rhodri a Gwiddan ar y bws ben bore Llun. Sylwon nhw ddim ar y rhialtwch o'u hamgylch.

'Gefaist ti gyfle i feddwl?' gofynnodd Rhodri iddi.

'Do. Mae gen i syniad neu ddau,' atebodd hi'n awyddus.

'A finne,' ychwanegodd Rhodri. 'Be am i ni gwrdd amser cinio?'

'Ie, iawn. Awn ni i lyfrgell yr ysgol … mae fanno bob amser yn wag!'

Eisteddai Olwen yn dawel yn y sedd tu ôl iddynt. Roedd Magwen wedi egluro iddi beth oedd angen iddi'i wneud. Penderfynodd golli'r ymarfer pêl-rwyd amser cinio, a mynd i'r llyfrgell yn lle hynny.

Llusgodd y bore i'r tri ohonynt. Pwysai'r digwyddiadau diweddar ar eu meddyliau fel hetiau plwm. Allai'r un ohonynt ganolbwyntio ar ddim byd heblaw'r Drindod. Gyda phob munud a âi heibio, tyfai'r angen iddynt uno â'i gilydd.

Pan ddaeth amser cinio, rhuthrodd Rhodri a Gwiddan i'r llyfrgell heb oedi. Aethon nhw draw i'r gornel bellaf, gan deimlo y gallen nhw guddio'n ddiogel a siarad yn rhwydd y tu ôl i'r rhesi o silffoedd llyfrau. Unwaith i Mr Griffiths y llyfrgellydd adael i fynd am ei ginio, teimlai'r ddau ffrind fod ganddyn nhw ryddid i drafod.

'Reit, beth wyt ti'n meddwl dylen ni ei wneud?' gofynnodd Rhodri'n frysiog. Roedd y ddau'n ymwybodol na fyddai Mr Griffiths yn hir cyn dod yn ei ôl.

'Wel ...' pwysleisiodd Gwiddan. 'Mae 'na swyn yn y Llyfr Ryseitiau, swyn datguddio. Dwi'n meddwl y dylen ni ei ddefnyddio i ddatguddio pwy yw'r Un Benfelen.'

'Grêt! Fe driwn ni hynny'n gyntaf. Ac os na chawn ni lwc, mae gen i syniad am swyn i weld yr anweledig. Ond dwi ddim am ei ddefnyddio os nad oes rhaid ... mae'r cynhwysion braidd yn ... wel ... ych a fi! Byddai'n rhaid inni falu bustl cath a braster iâr a rhoi'r gymysgedd ar ein llygaid!' meddai Rhodri'n ddigyffro, fel pe bai'n rywbeth y byddai'n ei wneud bob dydd.

'Dim diolch,' atebodd Gwiddan, a'i stumog yn corddi wrth feddwl am y fath beth. Tynnodd gannwyll wen a blwch o fatsys o'i bag. 'Sdim larwm mwg mewn 'ma, oes e?' holodd, gan edrych tua'r nenfwd i chwilio.

'Ti'n jocan, yn dwyt ti?' atebodd Rhodri. 'Dim ond newydd gael gwres canolog ydyn ni!' Chwarddodd y ddau.

Cynheuodd Gwiddan y gannwyll. 'Sylla ar fflam y gannwyll, a chanolbwyntia ar yr hyn rydyn ni am wybod: pwy yw'r Un Benfelen?'

Syllodd y ddau yn fud ar y gannwyll am rai eiliadau, ond daeth sŵn drws y llyfrgell yn agor a chau i darfu arnynt. Chwythodd Gwiddan yn gyflym, gan ddiffodd fflam y gannwyll. Roedd rhywun yn nesáu. Disgwyliai'r ddau i Mr

Griffiths droi'r cornel ac ymddangos o'u blaenau â golwg blin ofnadwy ar ei wyneb ar ôl arogli mwg y gannwyll. Ond nid wyneb Mr Griffiths ymddangosodd heibio i ymyl y silffoedd.

'Dim mwg heb dân, fel mae'r Sais yn ei ddweud!'

Olwen Morgan!

'A beth wyt ti moyn?!' cyfarthodd Gwiddan. 'Pam nad wyt ti yn y ffreutur yn bod yn gas efo pawb fel wyt ti fel arfer?'

'Achos fod gen i waith i'w wneud,' atebodd Olwen yn dawel.

'Ti? Yn gwneud gwaith?' Roedd Rhodri'n anghrediniol.

'O, nid gwaith ysgol … gwaith arall …' Gwyddai Olwen na fyddai'n dasg hawdd darbwyllo'r ddau yma o'i blaen o'r hyn oedd hi. Teimlai'n euog hefyd am iddi eu gwawdio gymaint yn y gorffennol.

'Sgen i ddim amser i hyn,' ebychodd Gwiddan yn flin cyn codi a dechrau hel ei phac yn barod i adael.

Camodd Olwen o'i blaen i'w rhwystro. Roedd Magwen wedi dweud wrthi y byddai gofyn iddi fod yn gadarn. 'Dim amser, nag oes, Gwiddan Wrach?'

Roedd y ddau ffrind wedi'u syfrdanu. Trodd Olwen at y llall. 'A beth amdanat ti, Rhodri Feddyg? Oes gen ti amser?'

Edrychodd y ddau ffrind ar Olwen a'i gwallt hir, melyn, sgleiniog.

'Ti!' anadlodd Gwiddan. 'Ti yw'r Un Benfelen!'

'Shwt mae! Olwen Swynwraig, at eich gwasanaeth.' Estynnodd Olwen ei llaw tuag at Gwiddan … fel pe baen nhw'n cwrdd am y tro cyntaf erioed.

Ar hynny, agorodd drws y llyfrgell eto, a chydiodd Rhodri yn llaw estynedig Olwen a'i thynnu i'r gilfach.

'Shhhh!' sibrydodd Gwiddan, a chyrcydodd y tri'n dawel yn y gornel a gwrando.

'Mr Griffiths, fe fues i yma neithiwr ar ôl i bawb fynd tua thre, ac fe ddes i o hyd i rywbeth annymunol iawn.' Roedd llais Miss Smith y brifathrawes yn glir fel cloch.

'O, na! Dofe?' meddai'r llyfrgellydd yn grynedig, gan ddilyn Miss Smith at ei ddesg.

'Beth yw hwn?' Yn amlwg roedd Miss Smith yn dal y gwrthrych annymunol yn ei llaw.

'Mae'n ymddangos fel llyfr … ym … llyfr chwedlau Tylwyth Teg …' Roedd Mr Griffiths ar fin crio. Gwyddai'n iawn beth oedd barn y brifathrawes ynglŷn â'r fath ddeunydd darllen.

'Rhowch e yn y bin, glou!' cyfarthodd Miss Smith. 'Ac os ffeindia i rywbeth tebyg iddo fe eto, fe fydd eich pen chi ar y bloc! Deall?'

Ni ddywedodd y llyfrgellydd air, ond fe glywson nhw'r drws yn agor yn frysiog a gwyddai'r tri ei fod wedi mynd fel cath i gythraul i roi'r llyfr yn y bin.

Unwaith i'r drws gau ar ei ôl, canodd ffôn y llyfrgell. Ochneidiodd y brifathrawes; yn amlwg roedd ateb ffôn, fel gyrru car, yn boen iddi.

'Helo?' chwyrnodd. 'Iawn, Mrs Edwards, rhowch e drwodd i ffôn y llyfrgell, plîs! … Henry! Shwt mae?' Newidiodd ei llais wrth iddi gyfarch y dyn ar y ffôn. 'Mae'r cwbl yn datblygu'n berffaith, ydi. Dwi bron yn siŵr pwy yw'r drydedd erbyn hyn!'

Roedd tawelwch am beth amser wrth i'r dyn ar ochr arall y llinell ffôn siarad.

'Dim problem, Henry! Ac fe fyddwch chi i gyd yn dod draw i weld y … *digwyddiad mawr*? Fyddwch chi?'

Wrth i Miss Smith siarad, roedd Olwen yn esgus dal y derbynnydd ac yn ei dynwared hi, ond rhewodd wrth glywed y brifathrawes yn ffarwelio â'r person ar y ffôn.

'Ardderchog! Dwi'n siŵr bydd pawb o'r Cynulliad eisiau bod yno i'n gwylio ni'n dinistrio'r Drindod, unwaith ac am byth!' Ac fe chwarddodd hi'n ffroenuchel cyn gosod y derbynnydd yn ôl yn ei grud.

Pan agorwyd drws y llyfrgell, aeth hi i gwrdd â'r llyfrgellydd gan gyfarth yn uchel. 'Byddaf yn ôl amser cinio fory, Mr Griffiths, i edrych ar y silffoedd yma eto. Gwnewch yn siŵr na fydda i'n dod o hyd i unrhyw beth arall annymunol yma, iawn?'

'Iawn … iawn … Miss Smith … dim problem …' crafodd y llyfrgellydd wrth i'r drws gau'n glep ar ei hôl hi.

Yn araf, cododd y tri o'u cuddfan a mentro allan i ganol y llyfrgell. Cafodd Mr Griffiths fraw wrth eu gweld nhw, ond wedi iddyn nhw esbonio eu bod wedi dod i mewn tra oedd ef ar neges i Miss Smith, teimlai'r llyfrgellydd yn well. Credai nad oedd y tri wedi gweld sut roedd y brifathrawes wedi ei drin, ac fe gawson nhw adael heb ragor o gwestiynau.

Wrth iddynt gerdded i lawr y coridor, roedd yn amlwg eu bod nhw'n teimlo'n lletchwith. Roedd y tri wedi'u drysu gyda'r wybodaeth ddiweddaraf. Teimlai Gwiddan mai ei lle hi oedd cynnig ffordd ymlaen.

'Gwrandewch!' ebychodd Gwiddan gan stopio'n sydyn y tu allan i'r ystafell gerddoriaeth. Rhewodd Rhodri ac Olwen hefyd. 'Dwi ddim yn licio'r hyn glywson ni heddi, a dwi dal ddim yn siŵr a ddylen ni dy drystio di ai peidio …' meddai gan edrych ar Olwen. 'Ond sdim dewis 'da ni. Rhaid i ni baratoi, a dyw e ddim yn ddiogel i ni gwrdd yn yr ysgol. Dewch draw i fy nhŷ i heno, yn syth ar ôl ysgol.'

Edrychodd y ddau arall ar ei gilydd. Teimlai Rhodri fod rhyw olwg ryfedd iawn ar Olwen. Roedd hi wedi newid, rhywsut; roedd tawelwch a llonyddwch newydd yn ei llygaid, fel pe bai'r bwli ynddi wedi'i ddofi, meddyliodd.

'Iawn,' atebodd Olwen yn wylaidd. 'Mae gen i gant a mil o gwestiynau i ofyn i chi, os yw hynny'n iawn …'

'Dim ond hanner nifer y cwestiynau sydd gen i, felly!' meddai Rhodri.

Canodd y gloch a gwenodd y tri'n bryderus wrth droi am eu gwersi.

Pennod 17
Atebion

Sylwodd neb fod Olwen Morgan yn eistedd gyferbyn â Rhodri a Gwiddan ar y siwrnai adref, a hynny heb eu dannod unwaith! Doedd neb yn ymwybodol chwaith fod y tri wedi mynd oddi ar y bws yn yr un arhosfan.

Wrth iddynt gerdded i dŷ Gwiddan, dechreuon nhw ymlacio rhywfaint. Roedden nhw wedi cael prynhawn cyfan i feddwl am bopeth, a gwawriodd arnynt eu bod yn perthyn i'w gilydd. Ymhell yn ôl yn eu hachau roedd ganddyn nhw'r un hen fam-gu, sef Rhiain y Llyn. Yng ngoleuni hynny, dechreuodd y blynyddoedd o ddicter a gwrthdaro rhyngddynt ddiflannu fel niwl dan ormes yr haul.

Agorodd Gwiddan y drws, ond unwaith i'r tri gamu i'r neuadd fe rewon nhw gan syllu'n syth o'u blaenau. Roedd y tri wedi synhwyro'r un peth: tonfeydd o bŵer yn dod o'r gegin.

'Dad?' galwodd Gwiddan yn ansicr.

'Heia, bach. Dewch i'r gegin,' atebodd ef. Sylwodd y tri ei fod wedi dweud 'dewch' yn hytrach na 'dere', felly roedd e'n gwybod nad oedd ei ferch ar ei phen ei hun.

Cafodd y tri sioc wrth gerdded i'r gegin a chwrdd â'r criw o bobl oedd yno i'w cyfarfod. Yn ogystal â thad Gwiddan, eisteddai mam Rhodri, a Magwen, gyda disgled o de yr un a phlataid o fisgedi o'u blaenau.

Aeth y tri i mewn yn nerfus. Magwen oedd y cyntaf i siarad.

'Wel, haleliwia! Rydych chi wedi ffindo'ch gilydd o'r diwedd!' Roedd golwg o ryddhad ar ei hwyneb. 'Bues i bron â bwrw'ch pennau gyda'i gilydd!'

'Nawr, nawr, Magwen,' atebodd mam Rhodri gan roi ei llaw ar law Magwen i'w thawelu. 'Maen nhw wedi gwneud yn dda, yn dda iawn chwarae teg. Paid â'u dwrdio nhw.'

'Be sy'n mynd 'mlaen, Mam?' gofynnodd Rhodri'n sigledig.

'Peidiwch chi â becso,' atebodd tad Gwiddan. 'Rydyn ni'n tri wedi dod at ein gilydd er mwyn eich helpu … i'ch harwain chi, fel petai.'

'Ac i ateb unrhyw gwestiynau sydd gennych, os medrwn ni,' ychwanegodd mam Rhodri.

Ar hynny, cododd Magwen o'i chadair a cherdded draw i gofleidio Olwen. 'Dwi 'di ffonio dy dad a gadael neges gyda'i ysgrifenyddes, ond mae'n debyg ei fod e yn America ar fusnes,' meddai, cyn ychwanegu'n gyflym, 'ond paid â becso, fe wnaiff Anti Magwen ofalu amdanat ti.'

Hebryngodd Magwen y tri at y bwrdd, yna, aeth i nôl llymaid o sudd yr un iddynt.

'Felly, mae'r dudalen gudd gennych chi?' holodd tad Gwiddan.

'Ydy,' atebodd Gwiddan a Rhodri.

Edrychodd Olwen arnynt yn syn, a sylweddolon nhw cyn lleied yr oedd hi'n ei ddeall. Doedd hi ddim hyd yn oed yn gwybod am fodolaeth y Llyfr Ryseitiau, heb sôn am y dudalen goll. Penderfynodd mam Rhodri y byddai'n syniad iddynt ddechrau o'r dechrau trwy adrodd hanes y trip i Aberystwyth yn ei gyfanrwydd.

Roedd Magwen eisoes wedi esbonio iddi am y Cynulliad, ond roedd gan Olwen un cwestiwn doedd hi ddim yn siŵr a ddylai hi ei ofyn. Sylwodd Magwen fod rhywbeth ar ei meddwl hi. 'Dwed be sy'n dy boeni di, bach.'

'Wel, nos Wener diwethaf, digwyddodd rhywbeth rhyfedd iawn i mi. Dwi ddim yn ei ddeall o gwbl!' Roedd golwg gyffrous ar ei hwyneb. 'Dechreuodd popeth yn y tŷ ddirgrynu, ac fe ddaeth gwynt cryf trwy'r stafell fyw . . . a dwi'n siŵr i mi glywed llais Mam.' Ar y gair olaf, gostyngodd Olwen ei llais a phlygodd ei phen wrth i ddagrau ddechrau cronni yn ei llygaid.

'Noson eich bedydd oedd honno,' meddai Rhiannon, mam Rhodri, wrth i Magwen fynd ati i fwytho gwallt euraidd Olwen. 'Roedd yn rhaid i ni eich bedyddio heb i ti fod yn bresennol. Mae'r broffwydoliaeth yn dweud bod yn rhaid bedyddio'r Tri Dewisol cyn hanner nos ar ben-blwydd yr ieuengaf yn dair ar ddeg oed. Gwiddan yw'r ieuengaf ohonoch ac roedd ei phen-blwydd hi ddydd Gwener diwethaf. Roedden ni wedi gobeithio y byddech wedi dod o hyd i'ch gilydd cyn hynny, ond fel y digwyddodd pethau roedd rhaid i ni fynd ymlaen â'r seremoni gan obeithio y byddet tithau hefyd yn cael dy fedyddio. Petai'r seremoni wedi methu, byddai'r broffwydoliaeth wedi mynd i ebargofiant a phob gobaith o drechu'r Cynulliad wedi diflannu.' Oedodd Rhiannon am eiliaid er mwyn cael ei gwynt ati. 'Buasai pob un ohonom wedi colli'n pwerau ac, yn raddol, byddai'r Cynulliad wedi dod o hyd i ni a'n dinistrio!'

Edrychodd pawb ar ei gilydd. Roedden nhw bron iawn wedi methu cyn dechrau.

'Fy mai i yw hyn i gyd,' meddai Olwen gan ddechrau beichio crio.

'Am beth wyt ti'n sôn, ferch?' dywedodd Magwen gan godi gên Olwen gyda'i llaw grychlyd.

'Dwi di bod mor gas gyda Rhodri a Gwiddan, yn pigo arnyn nhw a'u gwawdio nhw bob dydd. Hen fwli ydw i, a bues i bron â dinistrio popeth!'

'Hei, hei, hei!' ebychodd Rhiannon, gan redeg ati i'w chofleidio. 'Sdim bai arnat ti! Does 'na neb wedi dy arwain di ar hyd y blynyddoedd, neb wedi dy baratoi di ar gyfer dy dynged!'

Torrodd tad Gwiddan ar ei thraws. 'Mae dy dad ar goll heb dy fam, ac ar ôl ei marwolaeth hi fe dorrodd e bob cysylltiad gyda'r tylwyth. Roedd e mor ddig am fod ei wraig wedi gorfod talu'r pris am fod yn fam i un o'r Tri Dewisol. All neb weld bai arno am hynny.'

'Ydych chi'n nabod Dad?' Cododd Olwen ei phen gan syllu ar yr oedolion yn eu tro.

'Ydyn, mi oedd e'n ffrind da i fi a Rhiannon fan hyn pan oedden ni'n blant.'

Edrychodd Magwen ar y plant. Roedd dagrau'n dechrau cronni yn llygaid yr hen fenyw bwerus. 'Am amser hir, roeddwn i'n meddwl mai eich rhieni oedd y Tri Dewisol.

Roedden nhw mor bwerus, a'r reddf mor gryf ynddynt. Ond roedd 'na broblem: doedd gan yr un ohonyn nhw wallt melyn, ac mae'r broffwydoliaeth yn bendant iawn – Penfelen, Penddu a Phengoch.'

Ymdawelodd pawb. Roedd cymaint wedi digwydd mor gyflym, a chymaint o wybodaeth i'w amsugno mewn amser byr.

Roedd golwg bryderus ar wyneb mam Rhodri. 'Reit, dyna ddigon am heddiw, mae golwg flinedig iawn ar y tri ohonoch chi!'

'Ond mae'n rhaid iddyn nhw lunio cynllun!' ebychodd Magwen yn gadarn.

'Oes, wrth gwrs 'nny, ond rhaid bod yn ofalus na fydd y cyfan yn ormod iddyn nhw, Magwen!' protestiodd Rhiannon. 'Maen nhw'n ifanc iawn, a'r cwbwl yn newydd …'

'Ta waeth am hynny!' atebodd yr hen fenyw gan droi i wynebu'r plant. 'Does dim amser i'w golli …'

Edrychodd Gwiddan ar y ddau arall, ac wrth i lygaid y tri gwrdd daeth fflach wyrddlas i'w llygaid ac amneidiodd y tri ar ei gilydd. Syllodd yr oedolion arnynt mewn rhyfeddod. Roedd grym eu pwerau'n feddwol, ac yn gorlifo fel rhaeadrau o'u cyrff.

'Amser cinio fory?' holodd Gwiddan yn bendant. Roedd yn amlwg i'r tri y bydden nhw'n wynebu Miss Smith pan ddeuai hi'n ôl i'r llyfrgell drannoeth.

'Fory,' cytunodd y ddau arall.

A'r eiliad honno, doedd hyd yn oed Magwen ddim am fentro dadlau gyda'r tri!

* * *

Eisteddai Miss Smith yn ei swyddfa. Troellai ysgrifbin yn ei llaw aflonydd. Ers iddi synhwyro bod y tylwyth ar waith, bu ar bigau'r drain. Roedd y Cynulliad yn pwyso arni i ddod o hyd i enwau'r Tri Dewisol. Roedd rhaid iddi hi eu hadnabod nhw a'u dinistrio nhw, cyn iddyn nhw gael cyfle i ddefnyddio'r Llyfr Ryseitiau yn erbyn y Cenhadon.

Wrth iddi graffu ar y gadair wag o'i blaen, sylwodd fod y golau'n taro ar edafedd sgleiniog ar gefn y gadair. Eisteddodd i fyny'n syth, fel ci hela. Craffodd ar y llinyn tenau. Ar unwaith, sylweddolodd mai blewyn oedd o, un blewyn main o wallt coch.

'Gwiddan!' ebychodd, gan godi o'i chadair a cherdded o amgylch y ddesg. Yn ofalus, cododd y blewyn a'i ddal i fyny at y golau. Gwallt Gwiddan oedd hwn, yn ddi-os; roedd yn gorwedd yno ar gefn y gadair ers y diwrnod hwnnw pan alwodd Miss Smith hi yno am sgwrs. Caeodd y brifathrawes ei dwrn yn dynn am y blewyn ac estyn allwedd o'i phoced. Agorodd hi ddrâr gwaelod y cwpwrdd o dan ei desg a thynnu crochan bach allan ohono. Rhoddodd y gwallt yn y crochan a sefyll o'i flaen yn urddasol. Caeodd ei llygaid yn dynn a chodi'i dwylo fry uwch ei phen fel canghennau coeden:

> Dangoswch y dirgel,
> Datgelwch y cudd,
> Chwalwch gyfrinach
> Y dyfodol a fydd!

111

Ar hynny, cyneuodd fatsien a'i thaflu i'r crochan. Wedi i'r mwg glirio, edrychodd y brifathrawes i grombil y crochan. Yno, roedd darlun byw wedi ffurfio, fel pe bai'n edrych ar sgrin deledu gron. Yn y darlun, gwelodd Miss Smith Gwiddan, Rhodri ac Olwen yn eistedd o amgylch y bwrdd yn siarad gyda thri oedolyn. Gwelodd eu llygaid yn fflachio'n wyrdd, a chlywodd Gwiddan yn dweud, 'Amser cinio fory?' ac yna'r ddau arall yn cydsynio drwy ddweud 'Fory!'

Doedd dim angen arwydd pellach arni. Trodd Miss Smith oddi wrth y crochan a chodi derbynnydd y ffôn gyda gwên fuddugoliaethus ar ei hwyneb.

'Helo, Henry,' meddai, gan geisio cadw'i chynnwrf dan reolaeth. 'Newyddion da. Maen nhw gen i. Dwi'n gwybod pwy yw'r Drindod,' ac ar hynny, chwalodd ei hurddas wrth iddi ddechrau chwerthin yn wallgof.

Pennod 18
Y Frwydr Olaf

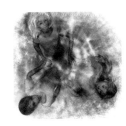 Agorodd Rhodri'r drafodaeth y bore canlynol.

'Os cuddiwn ni, fel gwnaethon ni ddoe, fe allwn ni roi eitha syrpreis iddi!'

'Gallwn, ond bydd rhaid inni gael gwared ar Mr Griffiths yn gyntaf,' awgrymodd Olwen.

'Dwi 'di bod yn meddwl am hynny,' ychwanegodd Gwiddan. 'Fe ddof fi i mewn yn gyntaf, a dweud wrtho fod rhywun wedi gadael y gwynt allan o deiars ei gar. Erbyn iddo fynd i ymchwilio a phwmpio gwynt i'r teiars, fe fydd popeth drosodd.'

'Grêt,' ebychodd Rhodri. 'Ac yna fe arhoswn i Miss Smith ddod i chwilio amdanon ni.'

Edrychodd y tri ar ei gilydd. Doedd yr un ohonyn nhw'n gallu credu eu bod nhw'n cynllwynio i gael gwared ar eu prifathrawes! Ond yna fe gofion nhw nad prifathrawes oedd hi mewn gwirionedd, ond Cenhades i'r Cynulliad, â'i bryd ar ddinistrio'r Tylwyth.

'Allwch chi gredu fod Miss Smith yn wrach?' holodd Rhodri'n syn.

Ysgydwodd y ddau arall eu pennau'n araf.

'Allwch chi gredu ein bod ni'n blant i'r tylwyth teg?' ebychodd Olwen, a'r ffaith fel petai'n gwawrio arni am yr ail dro.

'Dwi ond yn ddiolchgar ein bod ni wedi sylweddoli pwy ydyn ni, a beth yw ein tasg, cyn iddi hi sylweddoli mai ni yw'r Drindod!' ychwanegodd Gwiddan. 'Fe allai pethau fod mor wahanol ...'

'Ie, gwaith hawdd iawn i wrach yw dinistrio tri phlentyn!' poerodd Rhodri'n grac.

Bu'r tri yn meddwl yn galed am rai munudau, yna estynnodd Rhodri ei law at y ddwy arall. 'Er mwyn y Tylwyth,' meddai'n ddifrifol.

'Er mwyn y Tylwyth,' ategodd Gwiddan ac Olwen, gan roi eu dwylo ar ddwylo'r Un Penddu.

Yn y weithred honno, digwyddodd rhywbeth gogoneddus. Disgleiriodd pelydryn gwyrdd o oleuni o gorff pob un, gan saethu i ganol y nenfwd. Yn yr awyr uwch eu pennau daeth y pelydrau ynghyd i greu pyramid trionglog o oleuni pur. Ochneidiodd y tri dan rym yr ymroddiad a ddaeth â nhw at ei gilydd. Chwyddodd cyrff y tri wrth iddynt deimlo cryfder a phŵer y naill a'r llall. Roedden nhw'n un â'i gilydd am byth, a thra oedden nhw'n un, roedden nhw'n anorchfygol.

* * *

Bu Mr Griffiths yn brysur iawn yr awr ginio honno. Roedd Rhodri ac Olwen wedi bod wrthi'n gollwng y gwynt allan o un o'i deiars. Mynnai Olwen ei bod eisiau gadael y gwynt allan o bob un, ond llwyddodd Rhodri i'w rhwystro rhag gwneud hynny.

'Os bydd pob teiar yn fflat, wnaiff e ddim hyd yn oed ceisio'u pwmpio i fyny unwaith eto, ac fe fydd e 'nôl yn y llyfrgell mewn byr amser!'

Roedd Olwen yn gweld doethineb yn hynny, er bod yr elfen ddrygionus yn ei natur yn dweud wrthi am ddod 'nôl a gwagio'r gwynt o'r teiars oedd yn weddill cyn diwedd y dydd!

Gweithiodd y cynllun yn berffaith. Aeth Mr Griffiths allan o'r stafell ar frys wedi i Gwiddan ddod â'i neges, ac erbyn hyn roedd y tri'n crwydro o amgylch y llyfrgell unig – yn esgus chwilio am lyfrau arbennig. Doedden nhw ddim am i Miss Smith eu hamau'n syth wrth iddi ddod trwy'r drws. Roedd angen amser i'r drws gau ac iddi gamu i ffwrdd oddi wrtho.

Ddaeth yna neb am amser hir. Dechreuodd y tri bryderu ei bod hi wedi newid ei meddwl ... neu ei bod hi rhywsut wedi amau bod cynllwyn ar waith.

Wrth i'r tri syllu ar ei gilydd a chodi'u hysgwyddau mewn dryswch, agorodd y drws gan boeri Miss Smith i'r ystafell. Cerddodd draw at ddesg Mr Griffiths gan esgus chwilio am rywbeth.

Symudodd y Tri Dewisol yn araf at ei gilydd i ganol yr ystafell. Ar hynny, trodd hi'n siarp fel neidr gycyllog i'w hwynebu.

'Nawr 'te, blantos, mae gennych chi *syrpreis* i mi, oes?' meddai hi'n wawdlyd, cyn troi i gyfeiriad drws y llyfrgell. 'Ac mae gen i syrpreis i chithau hefyd ... Dewch i mewn!'

sgrechiodd hi'n fyddarol – a gwingodd y tri.

Ar ei galwad, daeth rhes hir o bobl ddifrifol eu golwg i mewn i'r llyfrgell. Wrth i fwyfwy ohonynt wthio trwy'r drws, amgylchynodd y rhai cyntaf y tri ffrind yng nghanol y llyfrgell. Erbyn i'r drws gau y tu ôl iddynt, roedd tua hanner cant o ddynion a gwragedd yn ffurfio cylch bygythiol o amgylch y plant. Roedd y llyfrgell yn orlawn o Genhadon y Cynulliad, a Gwiddan, Rhodri ac Olwen wedi'u dal yn eu canol.

'Mae'r nadroedd slei i gyd ymal!' hisiodd Rhodri'n filain.

Safai'r tri â'u cefnau at ei gilydd. Rhyngddynt, gallen nhw weld pob un o'r Cenhadon. Roedd yr ymosodwyr i gyd yn gwenu'n ddieflig wrth i'r brifathrawes ac un dyn mawr gamu allan o'r cylch tuag at y tri ffrind.

'Dyma chi, Archgenhadwr Henry ...' llifodd llais y brifathrawes drostynt fel olew. 'Dyma i chi'r Drindod ... gwaredwyr y Tylwyth!' Chwarddodd pob un o'r Cenhadon yn nawddoglyd.

Syllai Gwiddan, Rhodri ac Olwen o'u hamgylch. Sylweddolodd y tri eu bod yn gallu synhwyro teimladau a chlywed meddyliau ei gilydd, ond yn anffodus roedden nhw mewn cymaint o banig nes ei bod yn amhosib iddynt gytuno neu gydsynio ar unrhyw beth.

Cododd yr Archgenhadwr ei law yn uchel, gyda'r gledr yn agored. Hoeliodd ei lygaid ar law dde Gwiddan, lle gallai weld yr hyn roedd e wedi treulio oes yn chwilio amdano.

'Yma!' bloeddiodd yn llym, a hedfanodd y Llyfr Ryseitiau o'i llaw hi a glanio yn ei law agored ef.

'Naaaaaaaaa!' sgrechiodd Gwiddan gan gamu ymlaen tuag ato, ond cydiodd Rhodri yn ei llaw i'w rhwystro.

Siaradodd yr Archgenhadwr a'i lais dwfn yn atseinio o amgylch y llyfrgell fel cyfres o ffrwydradau. 'Mae Cynulliad y Cenhadon yn eich dedfrydu chi i farwolaeth. Y tri ohonoch – yn ddi-oed. A'r drosedd? Wel, yn fwy na dim, rydych chi'n boen yn y pen-ôl!'

Chwarddodd y gwrachod eraill gan edrych ar ei gilydd yn hyderus. Fe allen nhw synhwyro ofn a dryswch y tri o'u blaenau, a doedden nhw ddim yn credu y byddai'r tri phlentyn eiddil yng nghanol y cylch yn fygythiad i'w pŵer bellach.

Dechreuodd y dagrau lifo i lawr wyneb Gwiddan, ond sychodd nhw i ffwrdd yn heriol gyda'i llaw rydd. Yna chwiliodd yn dawel am law dde Olwen, a phan gafodd hi hyd iddi, deallodd y ddau arall beth oedd angen iddyn nhw ei wneud. Daeth Rhodri ac Olwen o hyd i ddwylo'i gilydd gan gwblhau'r triongl. Roedd y tri yn un eto: y Drindod yn gyfan.

'Dwi 'di cael digon ar y chwarae bach yma,' meddai'r Archgenhadwr yn flin. 'Dinistriwch nhw!' gorchmynnodd. Symudodd y Cenhadon yn nes at ei gilydd a dechrau bwrw swyn.

Tynnodd Olwen ei llaw yn rhydd o afael Gwiddan a dechrau chwilio trwy'i phoced.

'Na!' gwaeddodd Gwiddan yn uchel. 'Rhaid inni gadw'r triongl yn gyfan – dyna'r unig obaith!

Ond daeth llais Olwen fel llais breuddwyd i feddyliau'r

ddau arall. 'Mae'n iawn, dwi'n gwybod be dwi'n wneud!'

O'i phoced, tynnodd un o'r poteli bach a roddodd Magwen iddi. Syllodd arni cyn ei thaflu at draed y Cenhadon o'i blaen. Torrodd y botel yn chwilfriw ar lawr gan dasgu'r hylif dros y Cenhadon cyfagos. Cododd mwg o'u cyrff wrth iddyn nhw ddechrau sgrechian a gwingo mewn poen. Ymhen chwinciad, roedden nhw wedi ffrwydro, gan adael llosgiadau du ar y carped lle buon nhw'n sefyll. Roedd cylch y cenhadon yn anghyflawn a'r gwrachod wedi'u drysu.

'Nawr!' gorchmynnodd Olwen gan gydio unwaith eto yn llaw Gwiddan.

Caeodd y tri eu llygaid a gwrando ar feddyliau ei gilydd. Gan Gwiddan y daeth yr achubiaeth wrth i eiriau'r swyn oddi ar y dudalen goll lamu i'w meddwl. Heb oedi ymhellach, fe adroddon nhw'r swyn drosodd a throsodd yn uchel:

> Hir yw pob aros,
> Trwm yw eich cam,
> Mawr yw ein dicter,
> Y Tylwyth di-nam:
> Dyma ddiwedd arnoch chi,
> Diwedd ar y gelfyddyd ddu!

Saethodd pelydrau o oleuni o'u cyrff unwaith eto gan ail-greu'r pyramid o oleuni pur uwch eu pennau. Diflannodd y llyfrgell o'u hamgylch fel rhith ac oddi tanynt, fel drych byw, ymddangosodd wyneb disglair Llyn y Fan.

Roeddent i gyd fel pe baent yn hofran uwchben y llyn hud, a syllodd y Cenhadon o'u hamgylch yn syn. O'r dyfnderoedd, cododd cannoedd o blu dŵr o amgylch y Cenhadon, ac o bob un bluen, ymddangosodd rhith tylwythen dcg.

'Stopiwch nhw!' sgrechiodd Miss Smith mewn panig llwyr gan redeg tuag at y tri. Ond yr eiliad y cyffyrddodd hi â'r pyramid goleuni, ffrwydrodd hi'n filoedd o wreichion duon. Atseiniodd ei sgrech o amgylch bryniau Llyn y Fan fel crawc farwol brân.

Parhaodd y tri ffrind i adrodd y swyn gyda'r tylwyth, a'u lleisiau'n cryfhau gyda phob adroddiad o'r swyn. Ffrwydrodd pob un o'r Cenhadon yn y cylch anghyflawn. Un ar ôl y llall, fel cyfres o dân gwyllt, diflannodd Cynulliad y Cenhadon. Roedd y swyn yn ddidrugaredd.

Erbyn hyn, roedd Gwiddan, Rhodri ac Olwen wedi agor eu llygaid, gan wylio'n ddifater wrth i'r Cenhadon chwalu o'u hamgylch dan sgrechian. Ymdoddai'r croen o gyrff y gwrachod yn belenni llysnafeddog, ac wrth i'w llygaid ddiferu i lawr eu hwynebau di-ffurf ymddangosai neidr ddu ym mhenglog pob un, cyn i'r cyrff droi'n lludw. Roedd y tri fel pe baent mewn perlewyg dwfn, ac roedd hynny'n eu hamddiffyn rhag cael eu heffeithio gan yr erchylltra o'u cwmpas.

Safai'r Archgenhadwr fel mynydd o'u blaenau gyda'r Llyfr Ryseitiau yn ei law. Cymerodd funud neu ddau yng nghanol y dinistr iddo ddeall pam nad oedd e wedi'i ladd.

'Mae'r Llyfr Ryseitiau yn ei warchod rhag y swyn!'

119

sibrydodd lleisiau'r Tylwyth ym meddyliau'r Drindod.

Ond roedd yr Archgenhadwr eisoes wedi dyfalu ei fod yn ddiogel tra bod y Llyfr Ryseitiau ganddo. Cydiai'n dynn yn y Llyfr gydag un llaw, gan ymdrechu gyda'i law arall i agor cwlwm y tei oedd am ei wddf. Daeth y tei yn rhydd o'r diwedd, a thaflodd yr Archgenhadwr y darn defnydd cul i gyfeiriad y plant. Hedfanodd ugeiniau o bryfed allan o'r tei, gan heidio'n syth am y tri ffrind.

Codon nhw eu dwylo'n reddfol i wasgaru'r haid, ond wrth wneud hynny, torrwyd y cysylltiad â'i gilydd a'r tylwyth a diflannodd y pyramid o bŵer. Syrthiodd y tri i'r llawr, ac oddi tani gallai Gwiddan weld llawr y llyfrgell yn ailymddangos y tu hwnt i rith wyneb y llyn – roedd y tylwyth yn gwanhau. Roedd y swyn wedi amsugno'r nerth o'u cyrff, a nawr roedd tynged y tri ffrind yn gorwedd yn nwylo'r Archgenhadwr.

Cerddodd yr Archgenhadwr yn falch tuag atynt, a phlygu dros y tri. Dechreuodd fwmian yn dawel.

Wrth iddi orwedd yn llonydd, roedd Olwen yn hanner synhwyro ei bod hi'n gorwedd ar rywbeth bach caled. Rhywle yn ei meddwl, cofiodd fod un arall o boteli Magwen yn ei phoced.

'Ie! Gwna fe!' anogodd llais Rhodri yn ei hisymwybod, ac estynnodd Olwen ei llaw yn araf i boced ei throwsus.

Roedd yr Archgenhadwr yn dal i fwmian yn dawel a chyflym. Sylweddolodd Rhodri mai yn Saesneg yr oedd y Cenhadwr yn siarad. Deallodd y geiriau *vanquish* a *fairy mother*. Nid swyn i'w dinistrio nhw oedd e, ond melltith – melltith i drechu Rhiain y Llyn. Wrth ei dinistrio hi, fe fyddai'n dinistrio pob un o'i disgynyddion, a phob un cof am y Tylwyth. Hebddi hi, doedd dim Tylwyth na Thri dewisol yn bod. Dechreuodd sŵn griddfan a chrio godi o blith y tylwyth o'u hamgylch.

'Brysia!' ymbiliodd Rhodri ar Olwen yn ei hisymwybod.

Tynnodd hi ei llaw o'i phoced gan basio'r botel fach yn araf i Gwiddan.

'Ti sydd agosaf!' meddai Olwen wrthi trwy'r cyswllt meddwl. 'Mae e reit uwch dy ben di!'

Gafaelodd Gwiddan yn y botel. Doedd wyneb yr Archgenhadwr Henry ond hanner hyd braich oddi wrthi. Syllodd hi'n filain arno a dechreuodd fwmian, 'Mawr yw ein dicter, y Tylwyth di-nam!'

Eiliadau cyn iddo orffen adrodd y felltith faith am y trydydd tro a'u gyrru nhw i gyd i ebargofiant, trodd yr Archgenhadwr i edrych ym myw llygad y ferch dair ar ddeg oed. Gwelodd hi'r nadroedd yn ei lygaid a phob amherffeithrwydd yn ei groen gwelw. Cododd ei braich fel catapwlt a tharo'r botel hudol ar asgwrn ei foch chwith. Fel mellten, defnyddiodd Rhodri bob mymryn o nerth a oedd ganddo ar ôl i gicio'r Llyfr Ryseitiau o'i law, gan dorri'r swyn oedd yn amddiffyn yr Archgenhadwr.

Hedfanodd y Llyfr Ryseitiau ymhell o afael yr Archgenhadwr wrth i'r botel ddryllio ar ei wyneb. Tasgodd y swyngyfaredd ar draws ei wyneb, a dechreuodd yr hylif ei losgi. Dechreuodd tyllau bach du ymddangos dros ei gorff gan losgi'i groen a'i ddillad. Cododd ei ben i'r awyr wrth i'r boen afael ynddo, a rhuodd fel llew wrth i'w gnawd ddechrau llifo oddi ar ei sgerbwd mewn talpiau llysnafeddog. Saethodd dwy neidr ddu o'i benglog lle bu ei lygaid ond ychydig eiliadau ynghynt, cyn iddynt ffrwydro'n ddwy ffrwd o dân a diflannu.

Fferrodd corff yr Archgenhadwr ar ffurf siâp cnotiog ac annaturiol, a chyrliodd y tri phlentyn oddi tano fel draenogod i'w hamddiffyn eu hunain, wrth iddo ffrwydro gyda deg gwaith mwy o rym na'r gwrachod eraill.

Doedden nhw ddim yn siŵr am ba hyd y buon nhw'n gorwedd yno. Tybion nhw mai mater o funudau yn unig ydoedd, er y teimlai fel canrif. Cododd y tri yn araf. Roedd rhith y llyn wedi diflannu a'r llyfrgell yn dawel fel y bedd.

Edrychon nhw o'u hamgylch – roedd y llyfrgell yn edrych fel pe bai bom wedi ffrwydro yno ac roedd cylchoedd o losgiadau du dros y carped i gyd: pob un yn garreg fedd i Genhadwr Cynulliad y Gwrachod. Doedd dim sôn am y Llyfr Ryseitiau.

'Dewch o 'ma, glou,' meddai Rhodri, 'cyn i Mr Griffiths ddod 'nôl.'

'Ond beth am y Llyfr Ryseitiau!' ebychodd Gwiddan, fel petai yna obaith o'i ffeindio ynghanol y dinistr.

'Dere,' suodd Olwen, gan roi'i braich am ei hysgwyddau a'i harwain hi allan o'r llyfrgell.

Rhyw bum munud wedi iddyn nhw adael, daeth Mr Griffiths yn ei ôl. Pan welodd y dinistr, rhedodd yn syth at y ffôn fel dyn gwyllt. Am ei fod yn crynu cymaint gan sioc, bu'n rhaid iddo ddeialu naw driphlyg dwsin o weithiau cyn ei gael yn gywir.

Pennod 19
Ebargofiant

Wedi i'r Tri Dewisol ei baglu hi allan o'r adeilad, cerddon nhw'n araf trwy glwyd cefn yr ysgol ac aeth Rhodri at y blwch ffôn ar y gornel gan adael Olwen a Gwiddan yn gorffwys ar wal gyfagos. Deialodd rif ffôn ei gartref.

'Mam?' ebychodd, a'i lais yn torri o ryddhad.

'Rhodri! Rhodri fy nghariad i! Fe lwyddoch chi?'

'Do,' atebodd e. Roedd e'n rhy wan i ymhelaethu. 'Wnei di ddod i'n nôl ni?'

'Wrth gwrs, cariad! Mae tad Olwen wedi casglu Dewi ac maen nhw ar y ffordd yma i roi lifft i fi.'

'Ocê,' ochneidiodd, gan ddechrau tynnu'r derbynnydd i ffwrdd oddi wrth ei glust. Cyn iddo'i roi yn ôl ar y bachyn, clywodd ei fam yn ychwanegu, 'Dyma nhw nawr, byddwn ni yna mewn deg munud!'

Cerddodd Rhodri at y merched. 'Maen nhw ar eu ffordd,' sibrydodd yn ei flinder.

'Nhw?' gofynnodd Olwen.

'Mam ... a'ch tadau chi,' dywedodd.

Syllodd Olwen arno â dagrau'n cronni yn eu llygaid.

'Fy nhad i hefyd?!' llefodd.

Cydiodd Rhodri yn llaw Olwen. 'Dewch i ni gerdded ffordd yma; mae angen inni fynd yn ddigon pell o'r ysgol, dwi'n clywed sŵn seirenau'r heddlu.'

Cerddodd y tri i ffwrdd o'r ysgol ac i'r cyfeiriad y byddai eu rhieni'n siŵr o ddod. Cyn mynd yn bell, clywon nhw sŵn sgrechian brêcs ac fe godon nhw eu pennau. Roedd car swanc tad Olwen wedi tynnu i mewn wrth y palmant. Er i nifer o yrwyr eraill ganu eu cyrn arno, chlywodd dim un o'r rhieni mohonyn nhw.

Neidiodd y tri rhiant o'r car a rhedeg i gofleidio'u plant cyn eu harwain yn dyner at y car i'w hebrwng adref.

*   *   *

Ar y cyfan, aeth bywyd yn ôl i'r arfer ymhen wythnos. Roedd ambell erthygl wedi ymddangos yn y papurau newydd lleol – erthyglau byr yn amlinellu'r darganfyddiadau od yn llyfrgell yr ysgol Gymraeg leol. Roedd yr heddlu'n tybio mai fandaliaid oedd ar fai. Er hynny, roedd cryn dipyn o ddyfalu beth oedd rhan Miss Smith yn y digwyddiad, gan nad oedd neb wedi ei gweld ers hynny.

Er mawr siom iddynt, roedd bywydau Gwiddan, Rhodri ac Olwen yr un mor anniddorol ag erioed. Roedden nhw ar bigau'r drain eisiau arbrofi gyda'u pwerau newydd, ond roedd y rheini fel petaent yn cysgu … mewn rhyw fath o aeafgwsg!

Un peth oedd wedi codi'u calonnau oedd yr erthyglau cyffrous a ddechreuodd ymddangos mewn papurau newydd ledled y wlad. Ers i Gynulliad y Gwrachod ddiflannu, roedd dwsinau o adroddiadau yn y papurau ac ar y teledu gan bobl oedd yn taeru iddynt weld y Tylwyth Teg ar hyd a lled Cymru! Hyd yn oed wrth Llyn y Fan, roedd grŵp o gerddwyr yn mynnu iddynt weld gwraig fach brydferth yn eistedd ar garreg fawr ger y llyn, a'i bod hi wedi codi a cherdded i'r llyn gan ddiflannu o dan wyneb y dŵr!

Am y tro cyntaf ers canrifoedd, hen straeon y Tylwyth Teg oedd y testun siarad ym mhob man – dros Gymru gyfan! Ailddechreuodd y rhieni adrodd y chwedlau i'w plant cyn mynd i gysgu, ac yn nhafarnau'r wlad adroddai hen ddynion straeon y Tylwyth i'w ffrindiau dros beint o gwrw. Ym mhob ysgol yng Nghymru, lle roedd nifer o brifathrawon wedi diflannu dros nos, dechreuodd athrawon adrodd y straeon i'w disgyblion unwaith eto. Mewn dim o dro, roedd chwedlau Cymru mor fyw ag erioed yng nghof y genedl.

Un diwrnod, aeth Gwiddan, Rhodri ac Olwen at y llyn gan obeithio gweld y Rhiain. Ond roedd llonyddwch y llyn wedi newid, gyda nifer o bobl yn gwersylla yno, a'u camerâu'n sganio'r llyn a'r bryniau cyfagos yn y gobaith o gael cip ar dylwyth teg!

Eisteddodd y tri ar y garreg fawr lwyd. Syllon nhw ar wyneb disgleirwyrdd Llyn y Fan. Gallai'r tri ohonynt synhwyro pŵer y llyn, a theimlo presenoldeb y Rhiain o'u hamgylch, ond doedd dim i'w weld, fel pe bai llen denau, anweledig yn eu gwahanu oddi wrth byd hud a lledrith y Tylwyth.

'Ys gwn i a wela i hi byth eto?' gofynnodd Rhodri gan ochneidio.

'Ie,' ychwanegodd Olwen. 'Ac ys gwn i ble mae'r Llyfr Rys ...' Stopiodd ei hun rhag mynd ymlaen. 'Sori, Gwiddan,' ymddiheurodd hi.

'Am beth? Dydy'r Llyfr Ryseitiau ddim wedi mynd am byth!' ebychodd Gwiddan yn sionc gan godi oddi ar y garreg a cherdded at ymyl y dŵr. Edrychodd y ddau arall arni'n syn. 'Na, mae e'n dal ar y ddaear 'ma'n rhywle ... dwi jyst ddim yn gwybod ble ... ond mae'r Tylwyth yn gwybod.'

Tawelodd llais Gwiddan wrth yngan y geiriau olaf. Roedd hi'n teimlo colled fawr ar ôl y Llyfr, ond doedd hi ddim yn gofidio amdano. Gwyddai yn ei chalon nad oedd hi a'r Llyfr wedi cael eu gwahanu am byth.

Trodd Gwiddan yn ôl at ei ffrindiau, ac yn yr eiliad honno daeth llais tyner atynt, fel awel ysgafn dros y dŵr.

'Hawddamor, fy mhlant! Fe wnaethoch yn dda. Mae rhan gyntaf y broffwydoliaeth wedi'i chyflawni. Nawr, ydych chi'n barod i gwrdd â'ch tynged?'

Y rhan gyntaf? Edrychodd y tri ar ei gilydd yn ddryslyd, ond wrth i'w llygaid gwrdd, dawnsiodd gwreichion gwyrdd, bywiog unwaith eto. Edrychodd y tri tuag at y dŵr a pharatoi i gwrdd â thrigolion anweledig Llyn y Fan Fach ...